恋の罠にはまりました

～俺様部長と社内恋愛!?～

真彩

-mahya-

STARTS
スターツ出版株式会社

目次

地味女の出来心

腕時計の針が午後五時を指すと同時に、終業のチャイムがオフィスに鳴り響いた。

すでに綺麗に片づけてあったデスクから立ち上がる私に、四十代後半で、髪の生え際がかなり後退してきている部長が声をかける。

「あ、白鳥さん」

また、どうでもいい仕事を言いつける気でしょう。残業代はどうぞ、ご家族がいるおじ様たちに稼がせてあげてくださいませ。

暇そうな社員は、私の他にいくらでもいるでしょう。毎回わざわざ一番言いつけやすい私に言うのは、いい加減、卑怯だと思いませんか?

「お先に失礼します」

部長の言葉を待たずに挨拶をして、さっとその場を離れた。

陰でなんと言われようが、聞こえなければそんなの皆無に等しいこと。今日だけは、残業するわけにはいかないんだから。

だって、入社してから三年間、ずっと気になっていた同期の佐伯くんに、食事に誘われているんだもの。

早足で会社を出て、待ち合わせをしている近くのコンビニまで急ぐ。

社内で待ち合わせをしないのは、きっと照れているからだよね。

適当に商品を見てぶらぶらしていると、ぽんと後ろから肩を叩かれた。

「ごめんね。待った？」

振り返ると、そこには愛しの佐伯くんの姿が。

白い肌。くっきり二重。鼻はちょっと大きすぎる気がするけど、その優しい笑顔が好きよ。

「ううん、全然」

ああ、なんて素敵なの。こんな少女漫画みたいなセリフを言えるときが来るなんて。

佐伯くんに『ふたりきりで食事をしたい』と言われたのは、今回が初めてのこと。

入社以来、人事部の私と販促部の彼とは同期の飲み会でしか話したことがない。けれど、私は彼にずっと憧れていた。

笑顔が眩しくて、誰に対しても態度を変えないところが魅力。飲み会でも、みんなと分け隔てなく仲よく話ができて、私も彼と一緒にいれば、自分がとても明るくて話し上手な人間だと錯覚することができた。

「うまい店を知ってるんだ。案内するよ」

にこりと微笑(ほほえ)みかける彼に、私も笑顔でうなずいた。

今日はいつものパンツスタイルじゃなくて、花柄スカートを穿(は)いてきた。パンプスも新しくて傷がついていないもの。前髪も切りそろえた。

大丈夫。絶対いける……！

そうして彼についていき、たどり着いた先で、あんぐりと口を開けた。そこは、決してオシャレとは言えないラーメン屋だったから。しかも、行列ができるほどの人気もなさそう……。

「せっかく綺麗な服なのに、油でベタベタになっちゃうかな」

佐伯くんが苦笑する。

「あっ、えっ、ううん！　ラーメン大好きだから！　うん、本当に」

「そうなんだ。俺も大好きだよ」

きゅうーん。

『大好き』だなんて、そんな純白の笑顔で言うのは反則。ああ、ラーメンになりたい。

座敷もあるその店に入ると、たくさんの家族連れがいた。子供がワーキャー叫ぶ横の座敷テーブルで、佐伯くんは餃子(ぎょうざ)付きラーメンセットを、私は杏仁(あんにん)豆腐付きレディースセットを注文。

餃子……食べるんだ。餃子は私も好きだけど、やっぱりこのあとの展開を考えると、遠慮しちゃうなあ。

う、ううん、いいの。佐伯くんなら、どんな口臭がしたって。

「白鳥さん、人事部の仕事は忙しい？」

「うん。なんだかんだやることがあって、暇ではないよ。もうすぐ新卒向けの説明会もあるし」

「ああ、そっか。そりゃあ準備が大変だね」

そんなたわいもない話をしていたら、目の前のテーブルにラーメンがドンと置かれた。愛想（あいそ）のないおばさん店員が、無言で伝票を置いて去っていく。

「いただきます」

ラーメンは確かにおいしい。佐伯くんも男らしく音をたててラーメンをすすり、餃子を頬張（ほおば）った。

うん。こういう飾りけのないお付き合いっていいかも。気を遣ってばかりじゃ疲れちゃうし、節約して結婚資金を貯めなきゃいけないし。

やだ、私ってば。もうそんなことまで考えるなんて気が早すぎるよね。

ラーメンを食べ終わり、杏仁豆腐のスプーンを取ったところで、すでに完食していた佐伯くんが口を開く。

「あのさ、今日は大事な話があって」

「えっ？」

『えっ？』だって。それを期待して来たくせに、下手な返事をする。

「その……付き合いたいんだ」

やっぱり……！　生まれてこのかた男性に縁のなかった私に、とうとう春がやってきたのねっ！

体中が熱くなって、その熱で気球みたいに膨らんで、空まで舞い上がりそうになったそのとき。

「松浦知美さんと」

は……？

佐伯くんの口から出たのは、私の名前、白鳥姫香とはまったく別の名前だった。

「白鳥さん、松浦さんと幼なじみで仲がいいって聞いて」

「あ……えっと……」

いったいどこでそれを。しかも誤解されている。私と知美は仲よくはない。

「これ、渡してくれないかな。彼女、飲み会で会ったとき、電話番号もメッセージアプリのIDも教えてくれなかったんだ。だから、手紙を書いた。脈はないかもしれないけど、白鳥さんからひとこと、口添えしてくれれば……」

そうして彼は、はにかんだような顔で、バッグから水色とエメラルドグリーンの中間のような色の、有名なジュエリーショップの袋を差しだした。

そんな彼の言葉が鋭い針となって心臓にぶっ刺さり、期待で膨らんだ胸から空気が抜け、ぶしゅうとしぼんでいく気がした。

やっぱりか。やっぱり私に声をかけてくる男はみんな、知美が目当てなんだ。お前もかっ、佐伯！

松浦知美は確かに私の幼なじみ。佐伯くんと同じで、部署は違うけど会社の同期。営業部で活躍する、顔も頭も人並み外れてよく、人間関係も要領よく渡り歩いている、心の底から憎らしい女だ。

すべてが平均点の私は、小さい頃からずっと知美と比べられてきたし、こうして男の子に知美との橋渡しを頼まれることも多かった。

頭のいい知美とは高校と大学が別になってホッとしていたのに、今勤めている化粧品会社の入社試験で再会。あのときの絶望は忘れられない。

結局、私が希望していた営業部に配属されたのは知美で、私はというと、同期でひとりきり、人事部に放り込まれた。それからもう三年が経つ。

「うん、わかった……。渡せばいいんだね。佐伯くんはいい人だよって、勧めておく」

かなりしょんぼりしているのに、そんなお人好しなセリフを吐いてしまう自分が嫌いだ。

「ありがとう！　白鳥さんって、いい人だね！」

うう。笑顔が眩しすぎて目に染みる。涙が出そう。

「でも、付き合うかどうかを決めるのは知美だから。もし……もしも残念な結果になっても恨まないでね」

この袋の店のアクセサリーなんて、相当高かっただろう。佐伯くんの本気具合が伝わってきて、余計にやるせなくなった。

私なんて、ラーメン屋にしか連れてきてもらえないのに。きっと知美だったら、もっとオシャレな店に連れていってもらえるんだ……。

「うん、わかってる。当たって砕ける覚悟はできてるから」

それなら自分で直接告白しろよ！

手元にある水をぶっかけてやれば、かっこいいのかもしれない。けど、私にはそんなこと、とてもできなかった。

最後にかろうじてラーメン代はおごってもらえたけど、当然家まで送ってはもらえない。帰り道をひとりで歩く私の心は、もうボッキボキに折れていた。

くっそう……。なんで、どうしてなの。どうしてこんなに真面目に生きている私に、幸運の女神は微笑んでくれないわけ？

私だって、幸せになりたいよー‼

翌日の昼、休憩時間になると同時に、営業部へと足を運んだ。

「あらー、姫香じゃない。どうしたの？」

ランチへ行こうとしていた知美が、ドアの近くで立っていた私を見つけた。

知美はロングの髪をハーフアップにしていて、もともと長いまつ毛にマスカラをたっぷり塗っている。けれどメイクらしいメイクは、それと口紅だけ。あとは生まれつきのくっきりした目鼻立ちと、白雪姫みたいな白い肌とピンク色の頬のおかげで、小細工せずに済んでいるみたい。ハイライトもチークも、彼女には必要ないのだ。

「これ」

私は昨日佐伯くんに頼まれたブツを、知美に突きつけた。

「なにこれ」

「いつもの貢ぎ物。中に手紙が入ってるらしいから、返事してあげて」

「えー」

彼女は面倒くさそうに紙袋を受け取ると、ちらっと中を覗き込む。

「うーん、わかった。ありがとう。いつも面倒かけてごめんね。あ、ランチ、今からなら一緒にどう？」

絶対嫌だ。

知美が温室のバラなら、私は道端のツクシ。知美が空に輝くお星様なら、私はマンホールの蓋よ、蓋。

名前だって、取り替えたほうがいいくらい。どうして私が〝姫香〟なんてキラキラネームで、こいつが〝知美〟なんて平凡な名前なのよ。

とにかく、人目に触れるところで一緒に並んでいたくない……。

「今日はお弁当持ってきてるから」

「そう」

「それより、どうするの？　断るの？」

こうして橋渡しをした男の人と知美が、真剣に付き合ったことはないみたい。彼女は男の人に食事をおごらせたり、物を買わせたり、たまーに寝たりしているらしいけど、誰とも本気ではないと言っていた。

要するに、適当に遊ぶ相手はキープしておくけど、結婚を前提に真剣交際する相手は、慎重に見極めようとしているんだ。美人は凡人と違って、婚活に焦りはない。

「さあ、どうしようかな。話してみて、いい人だったら付き合うかも。でも基本的に、こういう大事な話を直接私に言えないようなヘタレに、興味はないんだけどね」

知美はなんの悪気もなさそうな顔で、あっさりと言ってのけた。

恋人でもない相手に高価なプレゼントを買った人の気持ちなんて、考えたこともないんだろう。知美にしてみれば、誰かが自分を大事に想ってくれることは、特別なことじゃない。ごく自然なことなのだから。

佐伯くんが、かわいそう……。

なにも言えなくなって唇を噛(か)みしめていると、ドンと肩になにかがぶつかった。びっくりして顔を上げると、そこには背の高い男の人が。

「そんなところで立ち話をするな。非常に邪魔だ」

斜め上に上がった直線的な眉毛。それとは対照的な、少し垂れた瞳。右目の下まぶたに、ほくろがひとつ。大きすぎずちょうどいい鼻に、薄い唇。触ったら指が切れてしまいそうな、四角のフチなしメガネ。顔が見えるようにすっきりとセットされた黒髪は、長すぎず短すぎず。

「そうよ、邪魔よ、姫香。早くどきなさい」

いつの間にか壁際に身を寄せていた知美が、しれっとした顔でしっしっと手を払う。

な、なによう。私だけ邪魔者扱いして……！

「お前も、邪魔」

その男性はぼそっと知美にも言うと、のっしのっしと、この場から離れていった。

ああ、怖かった。確かあの人は……営業部長の日下（くさか）さんだ。

一応、私は人事部だから、全員とまでは言わないけれど、ほとんどの社員の顔と名前は頭に入っている。ちなみに我が社は、海外にまで広がる工場や販売店の人員を入れると、従業員数は三万人を超える。私が把握しているのは、本社で働く正社員の二百人くらい。

日下さんは二十八歳。私より三つ年上。実は社長の息子で、若いうちに現場を経験してから経営に回るのではと噂（うわさ）されている。俗に言う御曹司ってやつだ。だけど、ただのバカなボンボンじゃなく、仕事もできるらしい。人事部の評価チームがそう言っていた。

「姫香、私はああいう人がいいな」

「え？」

「ああいう人と付き合いたい。簡単に振り向いてくれなさそうでしょ。ああいう人を自分で振り向かせたい」

そう言う知美の熱のこもった視線の先には、あっという間に小さくなった日下部長の背中が。

「でも、自分から告白なんてかっこ悪いことはしないわ。いつかあっちから言わせてやるの」

自信に満ちた、知美の声。

「……あー、そうですか。頑張れー」

なんの感情も込めずに適当に返事をして、私はさっさとその場を離れることにした。

確かに顔や体つきはご立派だったけど、あんな無愛想な人のどこがいいんだろう？

優しくて人当たりのいい佐伯くんのほうが素敵なのに。なんというワガママ。自分のことを好きな人は山ほどいるのに、そうじゃない人が好きだなんて。

ムカムカしながら人事部に戻り、ドアを開いたところで、はっとひらめいた。

私が日下部長を振り向かせたら、知美はどんな顔をするだろう——。

「は、ははっ」

誰もいないオフィスで、ひとりで苦笑した。

あの無愛想で、だけど女性にモテそうな要素満載の御曹司を私が落とすですって？

そんなの、無理に決まっている。私は私の身の丈に合った人を探そう……。

とぼとぼとデスクに戻り、お弁当を広げる。いつも自分で作るお弁当のおかずは見覚えのあるものばかりで、なんの感動もなかった。

数日後。

「っていうか、おかしくない？　どうして就職活動が三月解禁なわけ？」

ぶつぶつとひとりで文句を言いながら、パソコンに向かう。

オフィスの明かりはもう半分もついておらず、残る社員は私ひとり。

三月の人事部は、社員の今までの勤務実績の確認だとか、人事異動のための事務処理だとか、四月入社の新入社員の研修準備だとか、とにかくさまざまな業務が押し寄せてくる。

もちろん人事部の中で、それぞれのチームや担当に分かれて仕事を分担している。

そのはずなのに、なぜか私が属する新卒採用チームは、ろくな人員がいなかった。

新入社員研修と時期が被っていることもあり、チームの先輩たちはほとんどそちらに時間を奪われている。しかも唯一頼りにしていた後輩の女の子はインフルエンザになってしまい、昨日から会社を休んでいた。

私たちの時代は、就活は十二月解禁だったのに。っていうか、あの初老ども、やることなすこと遅いんだよ。

……ああ嫌だ。あまりに腹が立って、心の声が汚い口調になっちゃう。

ひとりで悪態をつきながら、デスクの引き出しから棒状のバランス栄養食を取りだし、かじる。邪魔だった前髪は、適当なゴムでちょんまげにしていた。

別にいいもん。誰も見ていないし。

私は、会社説明会当日に使うスライドの資料作りの仕上げに追われていた。

んっとに……老眼入ってきてパソコンを触るのが嫌なのはわかるけど、なんでもかんでも押しつけるなっつうの。会場を押さえ、就職サイトにエントリー開始の広告を出し、申し込み人数を集計し、資料を作り……全部、私と後輩でやってんじゃん。しかも新人研修の資料だって、作って人数分にセットしたのも私と後輩とパートの事務員さんだし。

結局、上司たちがやってくれたのは、説明会に参加してくれる社員たちのキャスティングだけだった。確か今年のゲストは専務と、販売部の美人社員と、営業部の男性。彼らは社内で活躍している先輩として、学生の前で話をしてくれる予定だ。

専務の話の原稿データは秘書室から送られてきたし、販売部の社員も商品別売り上げのグラフや、販売職の女性社員の写真を入れた資料を自分で作ってくれた。

「営業部、営業部……」

もしかして社内メールが届いていないかと確認してみるけど、営業部の資料のデータが見つからない。

マジかよー。忘れていた私も悪いけど、もう提出してもらわなきゃ、明後日(あさって)の説明会に間に合わないじゃん。そういえば、後輩が『営業部に資料の催促をするんですけど、いつ電話しても、忙しいって切られちゃうんですよ～』と嘆いていたっけ。

そりゃあ、そっちだって忙しいだろうけど、人事部だって地味な仕事なりに忙しいんだから。やらなきゃいけないことはやってもらわなきゃ。

明日朝イチでなんとかしてもらおう。そう思って付箋にメモ書きしている途中で突然、人事部のドアが開いた。

「ひぃっ!?」

「……なんだ、まだ人がいたのか」

びっくりして思いきり息を吸い込んだ私の前に現れたのは、例の人物。知美の想い人の日下部長だ。

ど、どうしてこんなところに部長が？

「ダメ元で来た甲斐があった。これを明日の朝、採用担当に渡してほしい」

そう言い、部長はポケットからなにかを差しだす。その大きな手のひらに乗っていたのは、小さなＵＳＢメモリーだった。

「えっと……」

なにこれ？

ぽかんとする私に、彼は説明する。

「説明会の資料。営業部で参加するはずだったやつが急にインフルエンザになって、俺が代打を務めることになったから。担当者によろしく」

「えっ？」

そんなの、聞いていないんだけど。それくらい突然だったってことなのかな。

まあいいや。ちゃんと仕事をしてくれさえすれば、説明会のゲストが誰であろうと。むしろ日下部長なら外見もいいから、女子大生を捕まえるチャンスが増えるかも。こうして資料も持ってきてくれたし、お任せして大丈夫だろう。

「わかりました。よろしくお願いします。私が説明会担当の白鳥です」

椅子から立ち上がってお辞儀をすると、頭の上でなにかがぷるんと揺れた。

はっ。そういえば私、ちょんまげだった！

慌てて顔を隠そうとすると、バランス栄養食のカスが口元から落ちた。

うわー、最悪！　たとえ人事部でも、化粧品会社の社員がこの有様って……。

恥ずかしくて顔が上げられないでいると、くいくいと、頭の上を引っ張られるような感覚がした。

「……会社を出るときは、これ取ってけよ」

視線だけ上げると、どうやら部長が私のちょんまげをつまみ、もてあそんでいるようだった。しかし、そのメガネの奥の目は笑っているようには見えない。

「す、すみません！」

理由もなく謝った私は、さっと一歩引き、ちょんまげを結んでいたゴムを乱暴に取った。すると、ゴムのあとがついた前髪がくるんと下りてきて、おでこにハートを作る。

しまった！　もっと面白（おもしろ）い髪型になってしまった！

「お疲れ。それじゃ」

額を隠す私に突っ込みもせず、彼は背を向け、あっという間に姿を消してしまった。

な、なんという失態。誰も見ていないと思っても、ここは会社だった。自宅じゃない。次から、気を抜いてちょんまげ残業をするのはやめよう……。

はあっと息をつき、ＵＳＢのデータを自分のパソコンにコピーする。

よし、もうあとは明日にしよう。

くせのついてしまった前髪を無理やりポンパドールにして、フロアを出る。それから会社を出るまで、部長に会わないかと思ってきょろきょろしていたけど、エレベーターの中でもエントランスでも彼に会うことはなかった。

おお……日下部長と言葉を交わしてしまった。確かに近くで見たら、よくできた顔だった。今までの人生で会った男性の中で、一番整っていたかもしれない。

しかもそんな人に、髪の毛を触られてしまった。厳密に言えば、ちょんまげをつまれただけだけど。なんだか、変な夢を見ているみたい。

そっかあ……部長、会社説明会に来るんだ。そうしたらまた、言葉を交わす機会があるだろうか。

説明会で部長と話す自分を想像しながら、帰途に就く。その間中、地に足が着いていないようなふわふわとした不思議な感じがした。

二日後、会社説明会の日。平日は大学の講義で忙しい学生のため、土曜に開くことになった今回の説明会。

私はネットで買った適当なスーツに身を包む。まず土日に混んでいる販売店に行くのが面倒くさかった。そして、店員にあれこれ勧められるのも鬱陶しい。

私ごとき、なにを着ていたって誰も見ていないしね。でも、仮にも人前に出るのだから、やっぱりちゃんとしたものを仕立てておいたほうがよかったかな。

あごまでの緩いパーマがかかったボブヘアを後ろで結び、前髪は少し巻いて、メイクは特に念入りにした。忘れ物がないようにとバッグの中をチェックしていると、スマホが鳴った。画面には、【知美】の文字。

なによ、こんな朝早くから。自分は休みだからいいでしょうけど、こっちは仕事なのよ。忙しいのよ。

うんざりしながら、仕方なく画面をスワイプする。

「なに？」

自分で思っていたよりも、低くてどんよりした声が出た。

『おはよう。今から説明会でしょ？　頑張ってねと言おうと思って』

向こうから聞こえてきた声は、私とは対照的に高くて透き通っていた。あの顔にこの声で話されたら、そりゃあ男性はうっとりしてしまうだろう。

いや、そんなことより、今日の説明会のことをいつ知ったんだ？

「私、説明会のこと話したっけ？」

実家同士は近いけど、知美は会社の近くでひとり暮らしだし、社内では用事がなければ会わないように気をつけているから、あまり話をすることもなかったはずなんだけど。

そもそも知美は、人事部の仕事になんて興味はないはず。なんの話をしていても、最終的には自分の自慢話に持っていくのが、この女の特徴だ。自覚しているのかしていないのかは知らないけれど。

『ううん。日下部長に聞いたの。土曜はなにをされるんですかって聞いたら、説明会だって』

はー、なるほどー。部長情報なわけね。

華やかな営業部の華やかなふたりが、仲よく話をしている姿を想像すると、胸がちくりと痛んだ。

知美はちょんまげをいじられたりしないんだろうな。そもそも、ちょんまげはしないか。

「で？　それで、ただ私を励まそうっていうんじゃないでしょ？」

『うん。もちろん』

　はあ、とため息が出た。

「なにを企んでるの？」

『企んでるなんて、ひどい。ただ、日下部長と一緒でいいなあって思ったのよ』

「他の社員もいるよ」

『ふうん。とにかく、姫香に頼みたいことがあるの』

「ええ～……」

『なんでもいいから、日下部長の情報を集めてきてよ』

「はあ？」

　人の話を聞いているのかいないのか、知美は自分の用件を一方的に話しだす。

『家族構成はわかるわよ。うちの会社の経営者一族だもの。それ以外の……たとえば趣味とか、好みの女性のタイプとか』

　好みの女性のタイプより、彼女がいるかどうかが先じゃないの？　まあ、そんなの知美には関係ないか。彼氏に手を出されて悲しむ女性がいるかもとか、想像もできないんだろう。

「そんなの、自分で聞けばいいじゃない。同じ部署なんだから」

人見知りで口下手な私に、なぜ頼む？

『仕事中にそんな話したら、怒られるわよ』

そりゃそうだ。会社は結婚相手を探す場所じゃない。仕事をする場所だもの。

『休憩はいつもひとりで取りたいらしくて、誰も寄せつけないみたいだし、営業部の飲み会にも参加しないの』

真面目すぎるのか……いや、ちょっと変わった人なのかな。

「そんな堅物のどこが好きなのよ」

『外見と実家のお金』

「……単純明快で助かる。どうもありがとう」

付き合っていられるか。電話を切ってやろうとした瞬間、向こうから大きな声が聞こえてきた。

『頼んだわよーっ！』

そんなに必死なら、自分でなんとかしなさいよ。本当、どいつもこいつも……。

返事をせずに終話表示をタップし、スマホをバッグにしまった。

さあ、今日は大事な説明会。ワガママなお姫様と無愛想な変人にはかまわず、ちゃんと仕事しようっと。

「いってきまーす」

居間の前で挨拶をすると、「いってらっしゃーい」と、私に似合わないキラキラネームをつけた憎き平凡な母が、気の抜けた返事をした。


会社説明会の会場となる、とある多目的ホールの大会議室。

朝早くから集まったのは、やはり下っ端の私と、いろんな部署から応援に来てくれた後輩たちだった。

「先輩、椅子、こんな感じで大丈夫ですかー?」

「んー、最前列はもう少し前で、全体的に間隔を詰めてくれるかな」

「OKでーす」

セットでレンタルしたパイプ椅子を並べてくれる男の子たちに、心から感謝する。

十人ほどいる後輩たちをまとめて会場を設営してくれたのは、人事部の後輩、田村くん。全体的に地味な人事部の中では珍しく、髪型を今風に整えたオシャレメガネの男の子だ。顔は普通だけど、明るい性格と大きな声が魅力で、人事部の女性社員の中で人気がある。私も嫌いじゃない。けど、特別好きかって言われると、そうでもない。

「最後にアンケートを入れてもらう箱は、ここでいいですか？」

「うん。大丈夫」

「他にやることは？」

「もうないよ。ありがとう。田村くんがいると助かるよ」

　上司たちは、やっぱり朝から来ることはない。案の定やつらは、準備が終わるのを見計らったようなタイミングで現れた。どこかで昼食をとってから来たのか、うどんのだしのような香りが漂う。

「部長、こんな感じで大丈夫でしょうか」

　一応声をかけると、人事部長はだるそうに返事をする。

「あ～大丈夫、大丈夫。お疲れお疲れ～」

　ろくに見もしないで。

　文句を言えるはずもなく、控室へ行って、ゲスト出演の専務や販売部の社員にお茶を出す。給湯室もあるけれど、控室から離れているので面倒くさい。そういう理由でペットボトルのお茶を紙コップに注いだものを配った。

「あれ、小泉（こいずみ）さんは？」

　紙コップを渡した人事部長が、不満そうに私に聞いた。小泉さんというのは、インフルエンザで休みの後輩のこと。何日か前にちゃんと報告したのに、いったいなにを聞いているんだか。

「お茶出しは彼女の役目でしょ？」

「ええ。でも小泉さんは体調不良で休みなので、我慢してください」

「そんな〜」

小泉さんは私のひとつ年下で、まるで草食動物みたいな見た目のかわいい女の子。性格も優しい……というか気弱で、決して上司に言い返したりしないから人気がある。

上司たちは、小泉さんにお茶を出してもらえるのを楽しみにしていたらしい。

知らないよ。あなたたちなんて私の淹れたお茶で充分なのよ。そもそも、ペットボトルのお茶なんて誰が注いだって味は変わらないし。ろくに手伝いもしないで、文句ばっかり言っちゃって。

イライラが頂点に達し、お菓子の大袋の口を開けてテーブルに放ると、そのまま控室を出た。

少し歩くと、自動販売機と小さなテーブルが置かれた休憩スペースにたどり着く。

すると、そこにはもう先客がいた。その人は、スーツの上着を椅子の背もたれにかけて座っている日下部長だった。

「……あ、ちょんまげだ」

頬杖(ほおづえ)をつき、ちょっとだけ視線を上げた部長は、低い声でぼそりとこぼした。不機嫌そうに口角の下がった彼に『ちょんまげ』と呼ばれた私は、ずっこけそうになってしまった。

変なあだ名つけられちゃったよ。とほほ。

「あ、こ、こんにちは。今日はよろしくお願いします」

頭を下げると、部長は短くうなずいた。

「よろしく」

それきり、彼は手元の書類に目線を落とす。

もしかしたら、今日の話の準備をしてくれているのかも。でも、こんなところでひとりでいなくても……。

「あのう、あっちに控室がありますが。お茶やお菓子もありますし、みなさんおそろいですよ」

おそるおそる声をかけると、部長は視線だけ一瞬こちらに送り、すぐに目を伏せてしまった。

「俺はここでいい」

「でも……」

「あの中には専務がいるだろ？　うちの叔父が」

そういえば、この人と専務は親戚なんだっけ。

「あの威張りくさったおっさんと、その機嫌を取る人事のおっさんたちを見ると、イライラするんだ」

「あはは。同意です」

うんざりした顔を見せる部長。私は思わず吹きだしてしまった。

部長が上司たちを『おっさん』なんて呼んで、反抗期の少年のような顔をしたから。

「は？」

彼が顔を上げ、少しだけ目を丸くした。意外なものを見たような表情だった。

「あ……いえ、忘れてください」

ここで同意しちゃ、まずかったか。

顔の前で手を振ると、後ろからこちらに歩いてくる足音が聞こえた。

「白鳥先輩、そろそろ学生さん、集まり始めてます！」

それは後輩の田村くんだった。

「うん。今行くね」

「お願いします。俺が専務たちを案内しますから」

田村くんはそう言うと、ちらっと部長を見て、ぺこりと会釈をした。そしてくるりと背を向けると、小走りで控室に戻っていく。

「じゃあ……私、いってきます」

同じように会釈をし、その場を離れようとすると、「ちょんまげ」と、ぼそりと低い声が私を呼び止めた。それはもちろん、部長のもので。

思わず足を止めた私に、彼はこう言った。

「負けるな」

一瞬だけ、目が合った。

メガネの奥の、よどみのないまっすぐな輝きを持った瞳がなにを言いたがっているのか、真意はつかみかねた。けれど、私はうなずいて駆けだす。

どうしてか上司に対するイライラは消えていて、やる気だけが全身にみなぎるような気がしていた。

そんなこんなで、やっと会社説明会が始まった。会場の椅子に、同じような就活スーツで、同じような髪形やメイクをした学生たちがずらりと座っている。

私は司会進行をしながら、資料のスライドを操作する。説明会は滞りなく進み、やがて現役社員の体験談コーナーに移る。そう、専務や日下部長の出番だ。

「よろしくお願いします」

日下部長にマイクを渡しながら会釈をすると、彼は静かにうなずいた。

ずっと緊張したような表情を見せていた学生たち。けれど、部長が壇上に登場した途端……。

——ざわざわ、ざわざわ。

女子学生たちが、明らかにざわついた。

「みなさん、こんにちは。営業部の日下と申します。よろしくお願いします」

部長は特に気にする様子もなく、営業部の仕事を説明していく。その表情は私が見たことがないくらい明るく、ぼそぼそと話すのしか聞いたことがなかった声は、はきはきと明朗に響いていた。

だ、誰、あれ?

「先輩、知ってます? 日下部長って、社内では無愛想で人を寄せつけないキャラなんですけど、〝外面(がいめん)〟はめっちゃいいらしいですよ」

隣で進行の補佐をしてくれていた田村くんが、こそっと私に耳打ちをした。

〝がいめん〟じゃなくて、〝外面（そとづら）〟ね。確かに、営業するときに無愛想じゃダメだものね。

それにしても、すごい演技力だわ。これで取引先をだましているのね……。

女子学生たちの目が、漫画みたいにハート形になってしまいそう。彼と一緒に仕事ができるかもと思って、みんな応募してくれるといいんだけどな。

人を採用するというのは、選ぶ側が上位だと思われがちだけど、実はそうでもない。特にうちの会社は、デパートなどの売り場で化粧品を売る販売職が多く必要なのだけど、土日が休みでなく給料もそれほどよくないので、なかなか希望してくれる人がいない。販売職がいないと商品が売れない。どれだけ内勤の人間が頑張っても、現場で売ってくれる人がいないとどうしようもない。

だから、とにかく優秀な人材を多く手に入れたいんだけどなあ。

「以上です。みなさんと一緒に働ける日を、楽しみにしています」

そう締めくくった部長に、盛大な拍手が送られた。

ああ……お願い。次は販売部のお姉さんの話だから、そっちもしっかり聞いてね。

他の部署にも人は必要だけど、特に販売部に集まらないと困るんだよ。

いろいろな意味でドキドキする私に、部長はマイクを渡しながら、視線を合わせず席に戻っていく。

　そのスーツ姿は確かにかっこよくて。同じ営業部の知美や、今後部長と一緒に働ける可能性を持った学生たちが、少しうらやましくなった。


　終わった……。

　午後二時に始まった説明会。終わったのは、夕方の四時だった。昼食も食べずに朝から頑張ってクタクタだ。

「今日はお疲れさまでした」

「ありがとうございます、専務」

　人事部長や上司たちは、専務のまわりを取り巻き、こっちを見もせず会場をあとにしようとしている。

　私が専務のお相手をしなくていいのは楽だけどさ……まさか、片づけもなにもせずに自分たちだけ帰るつもりじゃないでしょうね……。

「じゃあ、飲みにでも行くか」

「はいっ、喜んで！」

　専務の申し出に、尻尾（しっぽ）を振ってすり寄る上司たち。

はいはい、やっぱりね。応援の男の子たちは午前の準備が終わったら帰っちゃったし、諦めて田村くんとふたりで片づけるしかないか……この大量のパイプ椅子を……。

はああと深いため息をつくと、すでに出入口付近にいた専務から声が飛んだ。

「一成！　お前もどうだ？」

いっせい？　って、誰だっけ？

きょろきょろしていると、案外近くから低い返事が聞こえた。

「俺は遠慮します。片づけの人手が足りなそうですから」

そう言ったのはとても意外な人物で、思わず息を呑む。だって、最前列の椅子を畳みながら返事をしたのは、日下部長だったから。

「おい、これはどこに運ぶんだ？」

「あ、え、えっと、あそこのドアを開けると収納があるので、そちらに」

尋ねられた田村くんが、正直に答えてしまっている。そうじゃないでしょ！

「日下部長、ここは大丈夫ですから、どうぞお帰りください」

慌てて駆け寄り、椅子を受け取ろうとする。けれど部長はその手を離そうとはしなかった。

「日下部長～。片づけなんて若者に任せておけばいいんですよ～」

「そうそう。たまには役に立ってもらわないと、ね」

人事部の上司たちが、作り笑顔で日下部長を説得しようとする。

そりゃ、御曹司を置いて、自分たちだけ飲みに行くのは気が引けるもんね。っていうか……『たまには』ってなんだ？

一拍遅れて怒りがつま先から上ってくる。

毎日毎日、ろくに仕事もしないで注文ばっかりつけるあんたたちの尻拭(しりぬぐ)いを、誰がやっていると思っているのよ。

「そういう言い方はよくない」

びっくりして、一瞬で怒りを忘れた。

日下部長が無表情のまま、短く反論したから。声を荒らげるわけでもなく、表情を変えることもなく、低いけれど、とても聞き取りやすい大きさの声で、きっぱりと。

「ものの言い方は、とても大事です」

そう言うと、彼は黙々と椅子を片づけ始める。人事部の上司たちは、そんな日下部長を見ておろおろするばかり。

「ええと……こうしていてもなんですから、参りましょうか」

その場を取り成すように、専務の秘書が上司たちに声をかける。

同行しようとしない日下部長をちらちら見ながら、彼らはさっさと先頭を歩く専務についていった。

「あの……いいんですか？」

「なにが」

「専務、行っちゃいましたけど」

見ていて、こっちがはらはらするんですけど……。

けれど部長は、まったく意に介していないような顔で片づけを続ける。

「言っただろ。俺はあのおっさんたちが嫌いだ。さあ、さっさと終わらせろ。撤収時間に間に合わないとホール側にまで嫌味を言われるぞ、ちょんまげ」

それもそうか。せっかくだし部長の厚意に甘えて、今は集中しよう。

一緒に椅子を片づけ、空になった会議室をほうきで掃除する。浮かんできた額の汗を拭って、遅ればせながら気づいた。

もしかしてさっき、部長は私たちを庇(かば)ってくれたの……？

『そういう言い方はよくない』って、具体的になにがどういけないかは指摘しなかったけど、あれは私や田村くんをフォローしてくれたのかも。

ちょ、今さら気づく私もどうなの。そして、わかりにくい。感情が顔に出ないから、すごくわかりにくいよ、日下部長。

いつの間にか上着を脱ぎ、シャツの袖をまくって作業していた部長が、ゴミ袋をまとめて床に置いた。その腕はちょうどいい筋肉がついていて、男らしさを感じさせる。

「もうこっちはお前に任せて大丈夫か？」

「あ、はい」

部長は田村くんに聞いた。うなずく田村くん。

「よし、頼んだ。じゃあ、ちょんまげ、行くぞ」

「はい？」

行くって、どこへ？

ぽかんと見上げると、部長はメガネの奥の目を呆れたように細め、私を見下ろす。

「会社に運ぶものがあるだろ。車で来てるから、乗せてってやるよ」

そう言われて、はっとした。

プロジェクターやマイクはホールに借りたものだから、このまま返却するだけでいい。でもそうではない会社のパソコンや今日集めたアンケート用紙は、持ち帰る必要がある。重いし若干の個人情報が含まれるから、今日中に会社に運べたほうが、そりゃあ、ありがたいけど……。

「さっさとしろ。嫌ならば嫌だと、はっきり言ったらどうだ」

キラリと、部長のメガネが光った。

ひいぃ、その図体で威圧されると怖いからやめて！

「嫌だなんて、とんでもないです！　ありがたく乗せていただきます！」

断れるはずもなく、私はマッハで帰り支度をする。アンケート用紙が入った紙袋を、部長がひったくるようにして持っていく。

「田村くん、あとはホールの人に声をかけるだけだから。なにかあったら連絡してね。よろしく」

「あ……はい」

部長は早足で歩き、会場をあとにする。私は小走りでそれについていくのが精いっぱいだった。

——私はバカです。部長の車に乗った途端、今までの疲れが出たのか、見事に爆睡してしまいました……。

目を覚まして時計を見ると、ホールを出てから約三十分が経過していた。

「起きたか。降りろ、ちょんまげ」

彼の車は黒い国産の乗用車で、変な芳香剤の香りもしなくて、とても乗り心地がよかったので……。って、いくら言い訳をしても仕方ないよね。ダメだなあ、私。

部長はアンケート用紙が入った紙袋を持ち、人事部までさっさと廊下を渡っていく。

うわぁぁ、歩くの超速いんだけど。やっぱり怒ってるのかなあ。

やっと追いついたとき、彼は人事部のドアロックを社員証で解除して中に入り、紙袋を私のデスクの下にどさりと置いていた。

「あ、ありがとう……ございました……」

寝起きで走るの、結構つらかったなあ。

息を切らせながら頭を下げると、その上に妙な圧迫感を覚えた。

な、なんだこれ……頭頂部が温かいんだけど……。

ちらっと視線を上げると、そこにはなんと部長のスーツの袖が。

こ、これって。もしや、頭を撫(な)でられている？

「よく頑張った」

低い声が、手を通して伝わってくる。

「残業もして、朝からずっと昼食もとらずに頑張って、それでもあんな言われ方をしたのに、よく我慢した」

それって、今日の会社説明会の話？

朝から頑張って、って……知っていたの？　見ていてくれたの？

そんなふうに評価してもらったの、初めて……。

そう思うと、じんわりと胸が熱くなった。それと同時に、ぐううと空腹の限界を超えたお腹の虫が鳴った。な、なんというタイミングで！

ばっと両手でお腹を押さえると、頭上でぷっとなにかが破裂するような音がした。

顔を上げる。そこには、口元を押さえた部長が。

わ、笑っている……！　あの、いつも無表情で無愛想な部長が笑っている！　っていうか、笑われているのか。

そんな一瞬の笑顔に見とれる間もなく、部長は一度咳払いをし、いつもの無表情に戻って静かに言った。

「よし、食事に行こう」

食事に……行こう？

「なにを呆けてる。行くぞ」

ぽんぽんと私の頭を軽く叩き、彼はドアへと近づいていく。

『行くぞ』って、もしかしなくても私、食事に誘われている⁉

「は、はい！」

休憩もひとりで取るという、人を寄せつけないと噂の部長に、食事に誘われるなんて。これは行かないでどうする。

そう、ほら、知美に頼まれたじゃない。彼の情報を仕入れてきてって。いろいろと話を聞いて、知美に恩を売ってやるのよ。

私は人事部のドアをロックし、どんどん先に歩いていってしまう部長を追いかけた。

しかしその広い背中を見て、ふと立ち止まる。

もしかして……部長も、知美が目当てなの？

私と知美が同期だっていうことを、すでに知っていてもおかしくない。彼も他の男の人たちと一緒で、知美との橋渡しを私に頼むつもりなのかも。そう思うと、胸がぎゅっと痛んだ。

「どうした？」

私の足音がしないことに気づいたのか、部長が立ち止まってこちらを振り向く。

「いえ……」

どうする？　もう惨めな思いをしたくないのなら、この誘いは断ったほうがいいのかもしれない。男性は、誰も私のことなんか見ていない。彼らは私より遥（はる）か上のステージにいる知美を見ているんだから。

でも……。

「なんでもありません！」

傷つくことに怯えているはずなのに、私はなぜかそう答えていた。

最終的に、知美が目的だっていい。私は今、部長と一緒にいたい。そう思ってしまったから。

拳を握り、駆けだした。

上司なんてみんな自分のことしか考えていなくて、部下なんかパシリだし、使い捨てだと思っているんでしょ。そんなふうに私は考えていた。

でも、日下部長は違う。まだ会ったばかりだけど、この人は、今までの上司とは違うと思う。

もっと彼を知りたくて、遠ざかりそうな背中を必死に追いかける。

自分の中に湧き上がってくるのが単なる興味なのか、それとも他のなにかなのか、私はまだ計りきれずにいた。

「好きなものを頼め」と、静かな個室で向かいに座った部長にメニューを渡される。

目の前には、炭の上に乗った網。

そう。彼が連れてきてくれたのは、まさかの高級焼肉店だった。

メニューを開いて絶句する。店の佇(たたず)まいから高そうだなあと思っていたけど、カルビ一人前二千円って。いつも家族で行くチェーン店なんか、九十分食べ放題で二千円だよ。

「え、え、えっと……」

どうしよう。『好きなものを頼め』って言われたって。

御曹司と食事なんてしたことがないから、こうなる予想をしていなかった。なにをどう頼んだら失礼に当たらないのかわからない。

「のろいやつだな」

部長は呆れたようにため息をつくと、私からメニューをひったくり、呼びだしボタンを押した。すぐに駆けつけた店員に、彼は告げる。

「和牛満喫コース、二人前」

な、なんと！　一人前八千円するメニューを躊躇(ちゅうちょ)なく頼んでしまったよ、この人！

「申し訳ありません、そちらのコースは予約制となっておりまして」

「店長にこれを渡してくれ」

頭を下げる店員に、部長は名刺を差しだす。それを見た店員は、はっと目を見張る。

「いえ、大丈夫です！　かしこまりました！」

店員は、しゃきっと背を伸ばし、その場から離れていった。

もしやここは、日下一族の行きつけの店なの？　だとしたら、すごい。住む世界が違うって、こういうことを言うの？　いや、ちょっと違うか。

「私、和牛なんて食べたことないです」

家族は庶民中の庶民で、食卓に牛さんが上がることなんてほとんどない。たまーに上がったとしても、外国産の安い細切れだ。

「それはよかった。初体験か」

部長は微妙に微笑むと、「飲み物くらいは自分で決めろ」と再度メニューを渡してきた。『初体験』という言葉の響きにどきりとする。

「では、ウーロン茶で」

無難に決めた瞬間、キムチの盛り合わせが運ばれてきたので、ついでに注文する。

部長も運転をするので、私と同じウーロン茶を頼んだ。

「あの、質問してもいいですか？」

「なんだ」

「日下部長は……」

口を開いたところで、飲み物とチョレギサラダが運ばれてくる。

「お休みの日は、なにをして過ごしてるんでしょうか？」

「休み？　その日によって違うな」

そりゃあ、そうでしょうけど～。

「じゃあ、趣味は？」

「特にないが……時間ができたら、よくひとり旅に出る」

「ひとり旅ですか」

「誰しも、非日常を味わいたくなるときがあるだろ」

そうそう、そういう情報が欲しかったのよ。趣味は休日のひとり旅……と。

頭の中にメモをしながら、ふと気づく。

「ひとりで行くんですか？」

「そうだけど」

「彼女は？」

このスペックで、彼女がいないわけないと思うんだけど。

聞くと、サラダを食べていた部長が、それを飲み込んでから首を横に振った。

「いない」

短く言い、すでに運ばれてきていたホタテの韓国風刺身に箸を伸ばす。

おいしそう。私も食べよう。

そうして、赤いソースのかかったホタテをつまんだ途端。

「ふられたばかり」

ぼそりと言う彼の言葉に、箸が滑ってしまった。ホタテがぽとりと、小皿の上に音をたてて落ちる。

「ど、どうして」

こんなにハイスペックな部長が、ふられたですって？

思わず聞き返した私に、彼は苦笑した。

「すまん。つまらない話だ。忘れてくれ」

話したくないということか。もしやこの人、見た目ではわからないような欠点があるのかも。

モテすぎて、うっかり浮気して、彼女にバレちゃったとか？　実は美少女アニメのフィギュアを集める趣味があるとか？

いろいろな妄想をしながらも、それ以上は聞けずに、黙々と料理を口に運ぶ。和牛の握りなんていう、テレビでしか見たことのないものを頬張ると、鼻から「ふぅん～」と変な空気が抜けていった。

なにこれ、口の中の温度で脂がとろける～。

「お前は、どうしてうちの会社に？」

「はふぁん？」

ちょっと待ってくださいね。現実に戻りますから。

お茶を飲んでから、返事をする。

「憧れてたんです。ずーっと地味な人生を送ってきたので、華やかな化粧品の会社に。メイクをすることは好きですし」

大学生になってから、やっとメイクに興味が湧いて、雑誌を見て研究した。自分のなんの特徴もない地味な顔でも、メイクの仕方でいろいろな表情を作れるのだということを知り、少し人生が明るくなったような気がした。

気がしただけだったけど。

「だから、今日みたいな会社説明会に参加したんです。そのとき話をしていた営業部の女性社員が、すごくかっこよくて」

結局その人は、私が入社した年に寿退社してしまったのだけど。

「専門知識がないので開発や研究職は無理ですが、営業、やりたいなって」

メイクで顔を変えられるように、自分も営業部で頑張れば、社交的で明るく強い人間に変われるような気がして。

「それなのに、どうして人事部に?」

肉を焼き始め、昇った煙が頭上の装置に吸い込まれていく。私は焼けたタンを取り、皿に乗せた。

「営業より人事が向いてると判断されたんでしょうね」

配属の希望はただの希望であって、決定事項じゃない。新入社員の『こうなりたい』なんて気持ちは、採用チームには関係ない。彼らの仕事は適材適所、その場所に合った人間を配属すること。

そりゃあ、当たり前だよね。就活は企業に入ってなにがやりたいか、じゃなくて、自分になにができるかが重要なんだ。

「異動願いは出さないのか。昨日今日見ただけでも、お前が人事の仕事を楽しんでいるようには思えないが」

箸を止めた部長が、私を真顔でじっと見つめた。

「出せないですよ。異動願いを出すってことは、『もうここにはいたくないけど、我慢して働いてるんです』って言ってるようなものじゃないですか」

そんなことをしたら、風当たりが強くなるだけ。まわりは今まで以上に冷めた目で私を見るだろう。

「なるほど」

彼は短くうなずくと、焼けた肉を私の皿へ放る。

「せっかくの食事だ。まずくなるような話は、ここでおしまいにしよう」

自分から始めたくせに……。

そのあとは、社内の当たり障(さわ)りのない話をしながら、おいしい肉を堪能した。


「はー、お腹いっぱいです」

最後のデザートのシャーベットまで食べ終えて、お腹ははち切れんばかりに膨らんでいる。

「見ていて気持ちのいい食べっぷりだったな」

部長はすっと伝票を持ち、立ち上がる。

「あ、あの」

さすがに彼女でもないのに、八千円も払わせるわけにはいくまい。バッグから財布を出そうとしたら、優しく制された。

「説明会を頑張ったごほうびに、今夜は払ってやる」

「本当ですか！」

嘘でしょ……今まで男性におごってもらったのなんて、ハンバーガーかラーメンかうどんくらいだよ。

普段は愛想がない部長だけれど、よくよく話してみると、すごくいい人じゃない。仕事をしているのをちゃんと見てくれているし、ご飯をおごってくれるし……。

はっ、ちょっと待って。もしやこのあと、例の知美トラップが待ちかまえているんじゃなかろうな。

しまった。八千円分の、知美とのキューピッド役を頼まれたらどうしよう。嫌だなあ、そんなことになったらへこむなあ。

とぼとぼと部長についていく。すると、店を出たところで、こう切りだされた。

「家まで送っていこうか。嫌なら、駅まででも」

そう言いながら、助手席のドアを開けてくれる。

なに、このお姫様扱い。涙が出そう。

「部長、優しすぎます」

とくとくと、心臓が忙しく動く。

「もしかして、私に頼みたいこととか、要求したいことがありますか？」

「は？」

まるで予想していなかった言葉を聞いたように、部長の目が丸くなる。

「優しくしてくれたと思った人に、よく言われるんです。女の子の友達を紹介してほしいって。私に近づく男性は、みんなそれが目当てで……」

早口で説明する途中で、言葉が途切れてしまった。だって彼の眉の間に、みるみるうちにシワが寄ってしまったから。

「俺は、欲しいものは自分で手に入れる。会ったばかりのお前にそんなことを頼むような男に見えるのか」

低い声が余計に低く響いた。そこには、明らかな不快感が漂っている。

「ごめんなさい。そんなつもりじゃ」

怒らせちゃった。なんでこんな余計なことを言ってしまったんだろう。

「ただ、同期にものすごい美人がいて。みんな、その子のことばっかり……」

情けなくて、涙が溢れそうになる。

「もういい。乗れ」

相変わらず怒っているようだったけど、部長は私を放りだすことなく、助手席に誘導してくれた。のろのろと車に乗り込むと、彼はさっさと運転席に座り、エンジンをかける。

「駅でいいな」

私の返事を聞きもせず、ハンドルを回す部長。

黙っていると、赤信号で停まったタイミングで彼が口を開いた。

「もし好きな男がいるなら、絶対にさっきみたいなことは言わないほうがいい。そいつがお前に好意を抱いていたとしても、確実に萎える」

その横顔はいつもの無表情だった。声はそれほど冷たくは感じないけれど、呆れられている感は否めない。

そうだよね。もうわかっている。傷つくことを恐れているのに、どうしてあんなことを口走ってしまったのか。それだけが自分でもわからない。

黙りこくっていると、車は地下鉄の駅の入口近くに着いてしまった。

「ごちそうさまでした。ありがとうございました」

ハザードを出して停止する車から、降りようとしたとき。

「もう少し自信を持て。お前は仕事ができるし、忍耐強さもある。見た目だって、決して悪くない」

運転席に座ったまま、部長が私の目を見つめて言った。

「自分が自分を認めてないから、他人もお前を大事にしてくれない」

「なんですか、それ」

「化粧品と一緒で、自信を持って勧められる商品でないと、客は買ってくれない。そういうことだ」

そんなことを言われたって。私はあなたみたいな御曹司とは違う。顔もよくて、背も高くて、仕事もできて、家はお金持ちで……そんなあなたに、私の気持ちがわかるわけない。小さい頃からずっと、あの知美と比べられてバッキバキに折られた私の心なんて……。

「じゃあ、部長は私のこと、女として見られますか？」

助手席に座り直し、ドアを閉める。

どうせ今後こうして会うこともないんだから、言いたいことを言ってしまえ。

「私のこと、抱けますか？」

綺麗事なんて聞きたくない。淡い期待を抱くたび、私の心はより粉々に砕け散ってきた。

口ではどんな綺麗事を言ったって、現実で知美と私を比べたら、あなただってもれなく知美を取るんでしょう？　わざわざ私なんて選ばないでしょう？

「なにを言って……」

部長の眉間にまたシワが寄る。その目は、私を責めるように見ていた。

「大丈夫だというのなら、朝までそばにいてください。そうしたら、私の自信になります。そうでないのなら、謝ってください。綺麗事を言ってごめんなさいと、謝ってください」

ただの反撃のつもりだった。少しでもいい。部長を傷つけてやりたかった。そして、彼のような自信を持った人が頭を下げる瞬間を見たかった。

その姿を知美に重ねて、笑ってやりたい。そんな意地悪でくだらない、ちょっとした出来心だったのに。

「謝るつもりはない」

部長ははっきりと言い、ハザードランプを消した。

「行くぞ」

次の瞬間、車は急発進した。シートベルトを外していた私の体は、がくんと揺れる。

「あ、あの、どこへ……」

もしかして、本気で怒らせてしまったのかも。やばい。日下一族の力で東京湾に沈められる。

あわあわしていると、彼は前を向いたまま言った。

「お前が言ったんだろ。抱いてやる。そのための場所に行く」

ちょ……。待って。嘘でしょ⁉

今すぐ車から降ろしてほしかったけど、自分から言いだしてしまった手前、『ただの冗談でした』なんて言えない。

い、いいじゃないの、望むところよ。無駄に二十五年も使い道がなかった処女を捨てる、絶好のチャンスじゃない。今どき貞操観念だとか、そんなの古い。セフレだってソフレだっている時代なんだから、彼氏じゃない人と一度寝たからってなんなのよ。減るものじゃないし。

……なんて、必死に自分で自分を納得させる。

ちらっと横を見ると、相変わらず前を向いたままの部長の端正な顔が。ハンドルを握る手の指は長くて、この手に触れられるのだと思うと、自然と体が熱くなる。

私、部長のこと、好きなのかな……。

ごめん、知美。許してね。

ああ、違う。そうじゃない。ここは『知美め、ざまあみろ』って言うべきところか。長年の負け犬根性で、うっかり心の中で謝っちゃった。

いろいろと混乱しているけど、この場から逃げないってことは、きっと……私、彼の腕に抱かれることを心のどこかで望んでいるんだろう。

シンデレラだってそう。一夜限りの夢でもいいと思って、舞踏会に出かけた。私も夢を見に行くだけ。

覚悟を決め、あたふたするのをやめた。シートベルトをキチッと締め、膝(ひざ)の上に手を置き、口を結ぶ。

そうして冷静にしていようと思うのに、そんな意思を裏切り、指先が小刻みに震えていた。

華麗なる？異動

ふと目を覚ます。

もともと、日の光があまり入らないように作られているらしい薄暗い部屋の中では、今が朝なのか夜なのか、さっぱりわからない。

体中にだるさを感じながら、隣で寝ている人……もちろん、日下部長だ。彼を起こさないように、こっそりと起きて服を着る。

バッグの中からスマホを出して時間を見ると、午前五時。もう地下鉄が動きだす頃か……。

「っていうか、お母さん、メール多いな」

いつも夜遅くなる前に帰ってくる私の、初めての無断外泊をよほど心配したのか、母から二ケタのメールと着信が残されていた。早くここを出て、連絡しなくちゃ。

財布から五千円札を取りだし、ドレッサーの上に置いた。

そう、お酒を飲みすぎた人みたいに、記憶をなくしたりなんてしていない。昨夜のことは、はっきり覚えている。

ここは、〝そういうことをする〟ホテルであり、私は昨夜、部長に抱かれたんだ。

緊張しすぎて、彼がなにを言っていたとか、どんな手順を踏んだとか、そういう細かいことは覚えていないけれど。

よくわかるのは、彼が最初から最後まで優しかったということ。慣れない私を否定したり責めたりすることはなく、私も緊張はしたけど、不安になったり嫌悪を感じたりはしなかった。

ありがとうございます、日下部長。たったひと晩でしたが、誰かに愛されているような気分を味わえました。

寝ている部長に手を合わせる。しかし、これではまるで彼が死んでいるようだと思い、すぐにやめた。

さて、帰ろう。部長が起きたら、私の夢が覚めてしまう。

私物のメモにペンで、【ありがとうございました】とだけ書き、それをお札の隣に置いて、そっと部屋をあとにした。

建物の外に出ると、そこはまだ薄暗くて寒い。特に首元が冷たくて、ぎゅっと身を縮めると途端に泣けてきた。

大丈夫、大丈夫。素敵な夢を見せてもらったんだ。私にできるのは、このことを自分の中に秘めて誰にも言わないということだけ。部長に迷惑をかけるようなことは、しないようにしなくちゃ。

そう自分に言い聞かせながら、自宅に電話をかける。心配してひと晩中眠れなかったらしい母は、私の声を聞くなり怒りだした。私は子供が受けるようなお小言をうわの空で聞きながら、地下鉄の駅を探して歩いた。


あんなことがあったのが土曜で、本当によかった。翌日の日曜は家に帰ってから、泥のように眠った。

疲れきっていたせいか、ここ数年で経験したことのないくらい深く眠って、気づいたのは月曜の朝。意外にすっきりした頭で、いつも通りの地味なメイクと、グレーのカーディガンに白いシャツ、ベージュのパンツという地味すぎる服装で家を出た。

路上でも会社でも、誰にも注目されない。男性に愛されるなんて、とんでもない。そんな毎日に戻るんだ……と思っていたのに。

「ひーめかっ」

昼の休憩時間になるなり、勝手に人事部のドアを開けて入ってきた不届き者がひとり。今日も超絶美しくて、その分憎い、知美だ。

「ま、松浦さん！」

「こんなところに、なにか用が？」

男性社員たちが、ドアのところに群がる。知美は彼らに、にこりと完璧な笑みだけで答えると、こちらに話しかけてくる。

「姫香ぁ、ランチ行こー」

うざ……。

男性社員たちが、どうして私みたいな女を知美がランチに誘うのか理解できないという顔で、こっちと知美を交互に見ている。

私は関わりたくないんですよ。代わってあげられるものなら、あなたたちと代わって差し上げたい。当然、口に出しては言えないけれど。

「はいはい」

今日は遅く起きたから、お弁当を作ってこなかった。結局外に出なければいけないし、ここで知美をまくのは難しいだろう。

諦めて財布をつかみ、オフィスの外に出る。

「知美、どこに行くの？」

「あまり人がいないところ。近くの公園がいいかも」

ははあ……やっぱり、土曜に言っていた部長の情報を聞きだすつもりだな。日曜にも電話がかかってきていたみたいだけど、ずっと眠っていたせいで、それに気づいたのは今朝だったから。

私たちは、公園の近くにあるカフェの前で売られているお弁当を買い、並んで道を歩いた。

「桜が咲き始めてる」

頭上を見ると、公園の桜がほころんでいた。

「そんなのいいから。ほら、ここ座って」

知美はいつの間にか、何歩か先にあるベンチに座っていた。

「で、日下部長と話はできた？」

私が座るか座らないかのタイミングで、彼女は話を切りだす。

「先にご飯食べさせて」

こっちは説明会のアンケートをまとめて、次の選考の準備をしなきゃならない。人の色恋になんてかまっていられないんだから、エネルギーを補給しなくちゃ。

かぱっとロコモコ丼弁当の蓋を開けると、知美が大げさなため息をついた。

「本当、姫香は色気がないよね～。友達の恋の相談より、お弁当が大事かね」

そう言い、仕方なさそうに自分のカツサンドを広げる。

当たり前じゃない。友達ってあなたは言うけど、私はそう思っていないんだもの。

「趣味はひとり旅で、彼女はいないって」

ひと口目を飲み込んだタイミングで、一応報告する。

「それだけ？」

やっぱり。言われると思った。

「専務のことは嫌いみたい」

これは、部長が自分で言っていた。

「それで？」

「……終わり」

「はあ？」

『はあ？』って言われても。そんな、般若（はんにゃ）みたいな顔をされても。

「だって私、説明会で忙しかったんだもの。正直、初対面に近い部長とそれだけ話しただけでも、私的にはよくやったと思うんだけど」

「ダメねえ。説明会のあとに、ご飯に誘いなさいよ」

びくっと肩が震えてしまった。

いや、ご飯はあっちから誘ってくれて、私はもっとえげつないところに誘ってしまったんだけど……。そんなこと、口が裂けても言えない。

「なに？　急に黙って。なにかあったの？」

なにかあったなんてレベルじゃない。

「なにも」

私は動揺を隠すように、お弁当を黙々と口に運んだ。

「まあいっか。もう少し先の話だけど、日下部長とちょっと面白い仕事ができそうなのよ」

「面白い仕事？　普通の営業じゃないってこと？」

お弁当と一緒に買ったカフェラテを飲んで息を落ち着けると、知美はふふんと意地の悪い笑顔を浮かべた。

「おっと、これはまだ内緒なんだった」

絶対、わざとだ。私が悔しがって身悶（みもだ）えて、『なになに、教えてよう～』とすがるのを待っているんだ。

「あっそ。営業部は人事部と違って、いつも華やかでうらやましいこと」

つんと口を尖（とが）らせると、彼女は拍子抜けしたような顔を見せる。

「知りたくないの？」

「内緒なんでしょ？」

「頼めば、教えてあげなくもないけど」

「別にいい。営業部と関わる気は、一切ないから」

むしろ、もう部長の話題は聞きたくない。あの夜のことは、綺麗な夢として取っておきたい。これ以上、彼に興味を持って好きになったりしたら、きっとつらくなってしまうから。

ほとんど飲むようにして片づけたお弁当のゴミをまとめ、立ち上がる。

「もう行くの？」

「うん。たいした情報を集められなくて悪かったね」

「かわいくない言い方」

「あんたにかわいげ出しても、なんの得にもならないでしょ」

誰に対しても、かわいげなんて醸せないけどさ。

心の中で自分に突っ込みながら、さっさと歩きだす。

知美と部長が組んで仕事をするって言っていたっけ。その間に親しくなって、ふたりがくっついたりして。はは、お似合いすぎて泣くことすらできないや。

私だって、もう少し綺麗で、もう少し自分に自信があったなら、あの朝ひとりで帰ったりしなかったのにな。

『彼女にしてください』って、言えたかもしれない。

見上げると、咲き始めた桜がこちらに笑いかけているように思えた。それを見て、なぜだか泣きそうになった。


その夜。

「っていうか、今日までの仕事なら、朝に言えよな〜！」

私はまたひとりで残業をしながら、山のような履歴書とエントリーシートをチェックしていた。

『とにかく、破滅的ブサイクを省くこと。ブサイクには落選通知を出しといて』と人事部長に言われたのは午後三時。嫌がらせとしか思えない。しかもセクハラとしか受け取れない発言をするし。

確かに、エントリーシートがあまりにもお粗末な学生は、申し訳ないけれど面接に進む前にさよならすることになる。

けど、『ブサイクを省く』なんてひどい。顔がアレだって、とっても有能な人だっているかもしれないのに。

「話もしないで、ブサイクだからって理由で落とすなんて……」と、ぶつぶつ言いながら選考書類をチェックする。

でも、私の目線じゃ、どの学生も破滅的ブサイクとは言い難い。そもそも顔は個性なのよ。この世界に美人もブサイクもないのよ！

「うう～」

どうしよう。顔で決めたくなんかない。でも全員を面接に回したりしたら、また嫌味を言われるだろう。

デスクに突っ伏してしまうと、がちゃりと背後で音がした。薄暗いひとりきりのオフィスで、飛び上がるくらいびっくりする。

ドキドキと鳴る胸を押さえて振り返ると、ドアのところに予想外の人がいた。

「え……」

すらりとした手足。四角のフチなしメガネの下の、甘いマスク。彼はいつもの無表情で、怒っているようにも見える。

「いたか、ちょんまげ」

な、な、なぜここに日下部長が⁉

返事もできずにいると、彼はつかつかと歩いてきて、隣の椅子にどかりと座った。

「話がある」

両手をデスクの上で組む部長は、よく見ると怒ってはいないみたい。真顔でじっと見つめられ、一度跳ね上がった鼓動は治まらず、ますます速くビートを刻む。

「な、なんでしょう」

彼の顔は見ず、書類に視線を落とす。

「仕事中か。なんの仕事だ」

そう聞かれ、ぼそぼそと人事部長のセクハラ発言を話した。

「くだらない。内容がいいものはすべて面接に回せ」

「でも、そんなことしたら……」

「大丈夫だから」

強引に私の話を打ち切ると、部長は選考書類にさっと目を通し、いいものとそうでないものに分けてしまった。

す、すごい。仕事が速い。っていうか、速すぎる。

「これで話ができる」

彼は私のデスクに肘(ひじ)をつき、上半身を乗りだして顔を覗き込んでくる。

やめてやめて、近い近い。

背骨を逆側へ変なふうに曲げて、できるだけ顔を遠ざけようとする私に、彼はひとこと。

「体の具合はどうだ」

「へ?」

体の具合? 別に、風邪にも、例年より遅く来たインフルエンザの流行にも乗っていないけど?

「お前、初めてだっただろう」

真顔で平然と言い放つ彼のせいで、思わず椅子から落ちそうになった。

「途中で気づいたが、遅かった。無理をさせたが、そのあと不調はないか」

こ、この人、真顔で、なんてことを! まだ社内だというのに!

「だ、だ、大丈夫です。あの日のことは、全部忘れてください」

自分から誘っておいて、『実は初めてです』なんて言えなかった。相手が部長じゃなくて、慣れていない下手な人だったら、大惨事になっていたかも。

「なにを言ってる」

「ごめんなさい、ほんの出来心だったんです。もう私に関わらないでください」

仕事が終わったなら、もうここにいる意味はない。選考書類を引き出しに片づけ、鍵をかけた。

立ち上がってバッグを持った私の腕を、部長がつかむ。

「そんなことできるか」

見ると、彼も立ってじっとこちらを見つめていた。まるで、にらむようにして。

強い視線に射抜かれて、体が硬直する。

「お前の処女を奪った責任は取る」

「は……？」

「俺と付き合え、白鳥姫香」

優しく両肩をつかんでそう言った部長の目は、いつもより熱を孕んでいるように見えた。

というか、ええと……今、なんて？

あまりに予想外で、頭がくらくらする。

「日下部長、大正時代じゃないんですから。大丈夫なので、そんなに責任を感じないでください。忘れてください」

責任を取ってもらわなきゃいけないくらい嫌だったら、あのとき死に物狂いで抵抗したはず。そうしなかったのは、もうあの時点で、私が部長に惹かれていたから……。

「責任もあるが、それだけじゃない。お前が気に入ったんだ。だから、俺と付き合え」

き、き、気に入ったですって〜!?

部長は相変わらず真面目な顔。普段からずっと真面目、悪く言えば仏頂面だから、本気なのかどうかわからない。

「や、やめてください。釣り合うはずないんです。私なんかが彼女だってまわりにバレたら、部長が笑われます」

「なんだって?」

「私、部長に恥をかかせるわけにはいきません」

うつむくと、チッと舌打ちをされた。

「やっぱり自信なんてついてないじゃないか。そういうところ、本当にイライラする」

「へっ」

顔を上げると、ぐっと体を引き寄せられる。『あっ』と思う間もなく、強引にキスをされていた。

「どうしてこんなイライラする女に惹かれたのか、自分でもわからないが、お前は俺のものにする」

顔を離した部長は、相変わらずの仏頂面でそんなことを言った。

イライラするなら、やめておけばいいのに。そう思うのに、胸の鼓動に邪魔されて言えない。

「今日はここで引いてやるが、覚悟しておけ。俺がお前を変えてやる。俺を本気にさせた責任を取れ」

ニッと一瞬だけ不敵な笑みを浮かべた彼は、私の肩をつかんでいた手をやっと離すと、すたすたとその場から去っていった。

な、なんだ今の……。覚悟しておけ、にやり、って、アニメの悪役みたい。

部長の姿が見えなくなるなり、全身から力が抜けた。その場に座り込み、嵐のように過ぎ去った彼の言葉を反芻(はんすう)する。

『気に入った』

『付き合え』

本気で言っているの？　私、まだあの夜の夢の続きを見ているの？

気づけば指先が小刻みに震えていた。彼が触れた唇が、いつまでも熱かった。


「はぁ〜」

熱に浮かされたようになりながらも、なんとか帰ってきて夕食をとった。好物のから揚げをあまり食べなかったことで、母に心配された。けど、こんなときに食欲なんて湧かないよ……。

今どき決してオシャレとは言えない銀色のバスタブに浸かり、ひびの入ったタイルの壁を眺める。

こういう庶民的な暮らしが身に染みついている私のどこを、部長は気に入ったというのか。あの夜のことを思い出すと、ぼっと顔から火が出そうになる。

『俺がお前を変えてやる』なんて言っていたけど、部長はいったい、なにをどう仕掛けてくるつもりなんだろう?

「とりあえず、無駄毛の処理をしておこうか……」

そろそろ毛穴も開いた頃だろう。立ち上がってシェーバーを持ち、自分の体を見下ろして、はっと気づく。鎖骨の下に赤いあとが……。これって、これって。

「きゃあああ！」

まさか、自分の体にキスマークがついているなんて！　しかもそのことに丸二日、気づかないなんて！

驚いてちょっと飛び跳ねたら、着地点で足が滑って見事に転んだ。

「いぎゃあっ」

お尻をしたたかに打ちつけ、涙がにじむ。

「とほほ……」

今どき『とほほ』なんて言っちゃう私が、御曹司と付き合おうだなんて、やっぱり身分が違いすぎるかなあ。


次の日は、ちょっと時間をかけてメイクをした。服は相変わらず地味だけど、仕事に行くだけだもん、別にいいよね。

出勤途中に部長に会わないかとはらはらしていたけど、無事に人事部までたどり着いた。そうしたら、だんだん昨日のことが夢だったように思えてくる。

よし、気持ちを入れ替えて仕事をしよう。今日は選考の案内とか落選通知を早く出さなきゃ。

座り慣れた自分のデスクに着き、パソコンの電源を入れようとした、そのとき。

「ちょっと、白鳥さん」

珍しく私より早く来ていた人事部長から、手招きをされた。

なによ、また新しい仕事じゃないでしょうね。

黙って人事部長のデスクの前まで行くと、彼は見たこともない笑顔で、座ったままこう言った。

「昨日までありがとう。今日から新しい部署で頑張ってね」

「……は?」

なんの話?

たくさんの視線を感じる。ふと振り返ると、早く出社していた社員たちが私のほうを見ていた。

「今日から、きみは営業部に配属になったんだよ。さあ、早く準備して」

そう言い、人事部長は足元から、折り畳まれた真新しい段ボールを渡してくる。

ちょっと待って。営業部って?　この段ボールに荷物を詰めて、さっさと出ていけってこと?

「どういうことですか、部長」

さっとこちらに近寄ってきたのは、説明会で助けてくれた後輩の田村くん。

「僕だってわからないよ。今朝来たら、いきなり上からの命令でこうなってたんだ。いったいどうやって日下部長に取り入ったのかな?　ん?」

うわあ、露骨な言い方。

人事部長の黄色く濁った目は、よく見ると全然笑っていない。

日下部長に取り入るって……まさかあの人、日下一族の権限を使って、私を営業部に無理やり異動させるように命令したの？

頭痛とめまいが同時に襲ってきた。いやらしい言い方をされても仕方ない。私は自分から日下部長を誘って寝て、結果、気に入られたんだから。

「そんな言い方、ないです」

田村くんが部長に抗議する。

「いいの、気にしないから」

段ボールを受け取りながら、田村くんを止めた。彼はこれからもこの部署にいなきゃいけないいんだから、人事部長ににらまれないほうがいいに決まっている。

「急すぎますよ。いったいなにがあったんですか」

自分のデスクに戻って段ボール箱を組み立てる私を、田村くんが追いかけてくる。

「さあ、私にもさっぱり。説明会を一生懸命やったから気に入られたのかな。きっとここと同じように、雑多な仕事をやらされるんだよ」

「でも、白鳥先輩がいなくなったら人事部が困ります。人一倍働いてたのは先輩だったのに」

田村くんはまわりの目もはばからず、抗議する。

「ありがとう……」

同じ部署でそんなふうに思ってくれていたの、きっと田村くんだけだよ。

彼を見上げると、まるで泣きそうな顔をしていた。それを見ると、これからたくさんの仕事を私の代わりに押しつけられるであろう彼のことが、とても心配になる。

でも、この会社で日下一族に逆らってはいけない。わけのわからない異動命令だけど、一度は従わなくちゃ。どうせ断ったって、もうここに私の居場所はないんだから。

「一回行ってみる。嫌だったら辞めるよ」

さっさとデスクの中の文房具類を箱に詰め、昨日預かっていた選考書類を田村くんに渡した。

「そんな。辞める前に、つらかったら相談してくださいね」

「いろいろありがとう」

この子、ひとつ年下で頼りないような気がしていたけど、本当はとてもしっかりしたいい子だったんだなあ。

優しい言葉にじんとしながら、さほど重くない段ボール箱を両手で抱えた。

「どうも、お世話になりました」

ドアのところで頭を下げると、田村くんだけが悲しそうな顔をしてくれた。人事部長を始め上司たちは、こちらを見ることもしなかった。

やってくれたな、日下部長め。いったい私をどうするつもりなのよ。

段ボール箱から溢れるほどの不安を抱えたまま、ふらふらと営業部へと向かう。『たのもーう！』なんて言うわけない。黙って段ボール箱を一度置き、社員証でロックを解除する。ドアを開けると、中にいた社員が一斉にこちらを見た。

ええと……全員『あんた、なにしに来たの？』的な視線なんですけど。誰に話しかけたらいいんだろう？

きょろきょろしていると、聞き慣れた声が。

「姫香？　なにしてるの？」

そう言って立ち上がったのは、知美だった。

そうだ、こいつ営業部だった。まあいいや。誰でもいいから助けてもらおう。

「今日から営業部に異動になったんだけど」

「は？　なんで？」

こっちが聞きたいよ。めっちゃ疑いの目で見られているけど、こっちは人事部長から辞令をもらって来ているんだから。

「やっと来たか」

結局ドアの前から動けずにいると、遠くから低い声が聞こえた。

つかつかという足音とともに近づいてくるのは、日下部長だった。彼は私の横に立ったかと思うと、他の社員に向けてこう言った。

「今日から異動してきた、事務の白鳥だ」

え……事務?

お互いに挨拶する間もなく、部長は私を手招きする。他の社員たちに会釈をしてから部長についていくと、営業部の一角に、すりガラスで仕切られた個室がひとつ。どうやらそこが日下部長ゾーンらしい。

すごいな。人事部の部長なんか、普通のデスクだけだったのに。っていうか、日下一族じゃない者は、こんな特別扱いをしてもらえないだろう。

「お前には今日からここで、営業事務をしてもらう」

部長は私の手から段ボール箱を奪うと、大きなデスクの横についている普通のデスクの上に置いた。向かい側にはもうひとつ事務机があり、若い男の人が座っている。

たぶん大きくて重厚感があるほうが部長用だろう。

「営業事務?」

「俺のアシスタントみたいなものだ。お客様からの電話応対、商品の受発注や、伝票、請求書、プレゼン資料作成などなど……」

「ちょ、ちょっと待ってください」

営業事務なんてやったことないし。

ほとんどのことがパソコンでできるようになった現代、データ入力は覚えればできるだろう。とはいえ、電話応対はどうする。聞いたことのない取引先や商品名がいきなり聞き取れるだろうか？　答えはわかりきっている。否、だ。

「心配するな。ひと通りのことは、そこにいる桑名(くわな)に聞け」

「よろしく」

私のデスクの向かいに座っている桑名さんと呼ばれた男性は、一瞬だけ頭を上げて笑顔で挨拶してくれたけど、すぐにキーボードを叩き始める。

私よりひとつかふたつ年上かな。

彼は茶色い髪にパーマをかけ、カジュアルなシャツを着ていた。どうやらお客様の前に出ることはなく、ひたすら事務作業をしているみたい。でなければ、こんな大きくて丸いオシャレメガネはかけないだろう。

「こいつは、海外のお客様や取引先とのやり取りが主な仕事。最近、特にそっちが忙しくて、国内のほうまで手が行き届かなくなってきた」

「だからって、どうして私が……」

全然まともな仕事ができるような気がしない。しかも、桑名さんも私に手取り足取り教えている暇はなさそうだし。

「できるかどうかじゃない。やるかやらないかだ」

そりゃあ、そうでしょうけど。

とりあえず段ボール箱の中身を片づけている間に、部長はパソコンの営業システムに入るパスワードをメモして渡してくる。

「これ、どこかに保存しておけ。今はパソコンに触らなくていい。すぐ出るから」

「はい？」

出るって、どこへ。

「今から営業部と販促部の合同会議がある。それについてきてもらう」

販促部って、テレビＣＭとか新聞広告とか店のディスプレイとか、そういったものを扱う部署だよね。そこと合同の会議に、なぜ私が？

「営業事務は、営業担当の秘書みたいなものだと思って。いってらっしゃ～い」

オシャレメガネの桑名さんが、相変わらずパソコンを見たまま手を振った。

嘘～。とにかく、メモ帳とペンくらいはいるよね？

近くにあったペンケースを取ろうとすると、部長に制される。

「なにもいらない。お前の身ひとつでいい」

「ええっ」

「ついてこい」

部長は自分だけタブレットを持ち、すりガラスの部屋から出ていく。慌ててついていくと、また社員が一斉にこちらを振り返った。

「会議に出てくる」

部長がそう言うと、がたっと椅子を鳴らして知美が立ち上がった。なにか言いたそうだったけど、私たちが営業部のフロアを出るまで、彼女はなにも言わなかった。

「い、いってきま～す」

一応挨拶をしたけれど、返してくれる社員はひとりもいなかった。

初めて入る、会社の中で一番大きな会議室。日下部長の横にちょこんと座った私は、完全にその場から浮いていた。まわりは話したこともない社員ばかり。

「では、新商品のＣＭについての会議を始めます」

ドキドキしながら、手渡された資料を見る。そこには新商品のコスメの画像が。見たことがないロゴ。きっと新しいブランドを立ち上げるのだろう。夏物らしく、ブルーやホワイトなど爽やかな色味のアイシャドウや、ひんやりした着け心地のファンデーションなどが載っている。

うちの化粧品会社はコスメだけでなく、基礎化粧品から洗剤、柔軟剤、ハンドクリームや入浴剤まで、いろいろなものを取り扱っている。そのため営業も、百貨店のブースや街のドラッグストア、大型スーパーなど、担当する商品によって回るところが大きく変わってくると聞いたことがある。

そっかあ、こんな化粧品が出るんだ。パッケージや容器もかわいくしてあるなあ。私も欲しいなあ。

ついお客様目線で商品の画像を眺めているうちに、会議は勝手に進んでいく。

「では、先日お願いしていた通り、開発部と営業部から新CMの提案をお願いします」

ん？　開発部？

「今回は販促部ではなく、開発と営業の二部が新CMの提案をすることになってる」

部長がぼそりと耳打ちしてくる。資料を見ると、【夏物商品CM緊急代替案】と書いてあった。

「どういうことですか？」

夏物ＣＭの放映は春。ということはもう撮影は終わっているはず。そのＣＭがなんらかの理由で使えなくなったから、代わりのものを作ることになったってこと？

日下部長は私の質問に小声で答える。

「すでに撮影されたＣＭに出演していた女性タレントが、ある俳優と不倫しているという報道が出てしまったんだ。そのせいでＣＭは使えなくなり、後始末でてんやわんやの販促部の代わりに、他の部署が企画を出すことになった」

「企画自体は使えたんじゃ？　出演者を変えればいいことじゃないですか」

「それが、その企画自体が、芸能事務所側がおおいに口出ししてきて、そのタレントのイメージを前面に押しだすようにしたものだったんだ。だから一からやり直しというわけ」

なるほど。そういえばタレントと俳優の不倫、ネットニュースですごく話題になっていたっけ。だからこんなぎりぎりの時期に、夏物ＣＭの企画から撮影までやり直すことになったのか。

「ではまず、開発部からお願いします」

議長に言われ、開発部の白衣を着た男の人が立ち上がった。痩せすぎていて、まるで骸骨が白衣を着ているみたいに見える。

「あいつは俺のいとこで、専務の息子。普段は食器用洗剤を開発してる」

また社長の親戚か……。日下一族の子供は、自分の考えや夢がないのかね。私だって特に大きな夢も野望もないけどさ。

黙って聞いていると、開発部は女性ではなくイケメンタレントを起用し、『男性に綺麗に見られる』ことに重点を置いたCMを作成したいと発表した。

「撮影は一週間後ということで、スケジュール的に厳しいかもしれませんが、父が事務所関係者に顔が利くので一日くらいなら調整をつけてもらえるはずです」

そうね、女子ウケも大事だけど、正直、好きな男の人には綺麗に見られたいもんね。しかもこのイケメンタレント、特撮の戦隊ヒーロー出身だって。黒髪に爽やかな笑顔が素敵。こんな人がテレビに出ていたら、うっかり見つめちゃいそう。

前のスクリーンに映されたイケメンにうっとりしているうちに、開発部の発表は終わった。

「では、営業部の方、お願いします」

隣の日下部長が立ち上がる。

わ、私はなにもしなくていいんだよね?

そのまま資料に目を落としていると、部長が説明会で見せていたような営業スマイルで語りだす。

「営業部が提案するのは、より多くの視聴者に共感していただけるCMです。こちらの画像をご覧ください」

スクリーンに映されたものを見て、絶句した。そこにあったのは、女優でもアイドルでもない、冴えない女の顔。

そう、それは入社時に撮った、今は社員証に使われている私の写真だった。免許証の写真と同じように、視線は定まらず、なんとも言えないブサイク。

なに、この公開処刑！

責めようと見上げるけど、部長は前を向いたまま。

「みなさんはCMや広告を見て、思われたことはありませんか。こんな化粧品、綺麗な女優が使うから綺麗になれるように見えるだけだ、と」

ああ、あるある。洋服でもあるよね。結局、綺麗な人はなにをやっても綺麗だし、そうでない人はそれなりにしかならない。高価な化粧品を使ったって、顔自体が変わるわけじゃない。私はよくそう思っちゃうな。

「ということで、我々はこいつ……営業部の白鳥を使ったCMを提案します」

「は⁉」

私を使う？　どういうこと？

ぽかーんとしていると、社員の厳しい目が私に集中しているのに気づいて、慌てて口を閉じた。

「見ての通り、白鳥はド素人です。この地味な顔のド素人を、新商品を使い、劇的に変身させた姿を視聴者の方に見ていただくのです。女性たちは思うでしょう。この普通の人がこんなにかわいくなれるなら、私だってなれるかもしれない、と」

ド素人には違いないけど、地味とか普通とか……大きなお世話だわ！

「確かに、この世のほとんどは普通の女性ですしね」

販促部の男性社員がうなずく。

うるさいわ。髪型でごまかしていない生粋イケメンのほうが、希少価値が高いっつうの。あんただって普通じゃん。

「しかし、社員を使うとは……素人っぽいモデルを使ったほうがいいんじゃないですか？」

さっきの開発部の社員……専務の息子が、半笑いで私を指差す。指というか、持っているボールペンで指された。

「その人、本当にCMに出せるくらい綺麗になれます？　同じ営業部の社員でも、なんと言いましたっけ。とても綺麗な方がいましたよね？」

しかも、追い打ちをかけてきた！

ムカッとするけど、私もそう思う。普通の人に見える出演者も、実は売りだし始めのモデル、みたいなパターンが多いものね。

私を使うくらいなら、せめて知美のほうがいいんじゃ。他の部署の人が知っているくらい美人で有名。彼女なら下手な芸能人より綺麗だし、画面映えしそうだし。

「白鳥なら大丈夫です。お任せください」

自信満々で胸を張る部長。いったいなにが大丈夫なの？

「あくまでも、綺麗な人をより綺麗にするのではなく、普通の人を含めるすべての女性を綺麗にするということをコンセプトにいきたいと思っています」

部長が手元でキーボードを叩くと、やっと私の写真が画面から消えた。代わりに、【あなたもシンデレラの魔法にかかりませんか？】という文句が。

シンデレラの魔法って。魔法をかけるのは、ビビデバビデブーのおばさん妖精だし。

シンデレラって確か、もともと美人だし。

いろいろ突っ込みたかったけど、黙っておいた。

　そこからは質疑応答に移った。数十分の議論を重ねても結論は出ず、ついに議長が切りだす。

「では、ここにいるメンバーによる投票で決めたいと思います」

　はいはい、勝手にやってくださいよ。当然ながら営業部と開発部の人間に投票権はない。投票するのは、販促部の社員たちだ。

「いいと思う案に挙手を」

　うん、いいね。わかりやすくていいよ。慌てることはない。どうせこちらの案が通るわけない。

「開発部の案に賛成の方」

　ひとり、ふたり、三人……あれ、販促部って何人だっけ。

「では、営業部に賛成の方」

　先に上がっていた手が下がり、代わりに四本の手が上がった。

　ま、まさか。嘘でしょ！　なに考えてるの、この人たち！　いつも女優やモデルを見すぎて、感覚がおかしくなっているんじゃない？

「では、多数決で営業部の案に決定ということで。今後は営業部と販促部で協力し、ＣＭを作ることになります」

「よろしくお願いします」

部長が頭を下げると、ぱちぱちと拍手が起きた。
マ、マジですか。この私がＣＭ出演……。ということは自動的に、雑誌広告や店頭の販促物にも顔をさらすってことになるのでしょうか……。
ふーっと、魂が体から抜けていくような感覚を覚えた。

神様、私のお願いの解釈を間違えないでください。決して目立たなくていいんです。特別じゃなくてもいい。普通の幸せを、私にください……。

「いったいどういうことなんですか。どうして先に相談してくれなかったんですか」

会議室を出たあと、早足で歩く部長の後ろを小走りでついていく。彼は私のどんな質問も華麗にスルーして、営業部のドアを開けた。

ああもう。みんながいるところじゃ、ちゃんとした話ができないじゃない。

「とにかく、私はお断りします。この話は開発部に――」

「今帰った。ＣＭ広告の話、うちに決まったから」

部長は私のことなんて視界に入らないというように、営業部の社員に向かって報告する。時計を見ると、もうお昼前。当然ほとんどの社員は営業に出ており、座っているのは、私と同じく営業事務と思われる女性たちだった。

「この件は俺が受け持つから、社員たちには営業に専念するように伝えてくれ」

そう部長が言うと、事務の女性たちは「はい」と返事をし、うなずいた。

なるほど、どの人にもペアで仕事をしている営業の社員がいるんだろう。その人たちに報告しておけってことか。

「ちょっと待ってください」

背後でドアが開く音とともに、誰かが抗議の声を上げた。振り返ると、それは珍しく余裕のない顔をしている知美だった。大きなバッグを持っている。どうやら午前中の営業から帰ってきたところみたい。

「CM広告の話って、例の、うちと販促部が合同でやるっていう、あの新製品の」

「その通りだ。お前の案が採用された。喜ばしいことだ」

お前の案ってことは……社員をモデルにするという企画自体は、知美が出したものだったの？

「社員をモデルに使うというのが私の案でしたが、それはいったい誰に決まったんです？」

知美は私をスルーして、部長を至近距離で見上げる。彼はすっと後ろに下がり、私の肩をぽんと叩いた。

「白鳥だ」

「ま……っ」

言葉にならない声を上げ、知美は絶句した。まわりの社員も目を丸くしている。

「どうして？　こんな……普通の子を？　これじゃ、視聴者の印象に残らない」

部長を前にして、最初は慎重に言葉を選んだのであろう知美も、最後のほうはうっかり本音が出てしまっていた。要は、『こんなブスじゃ商品が売れない』と言いたいんだろう。

目を丸くしていた事務の女性たちも、だんだんとまるで不快なものに向けるような目で私を見始める。

「普通の子だからだ。詳しくはここに資料があるから。回しておけ」

なにを言われても、クールな表情を崩さない部長。

あああ、やめて、そのブスな社員証写真を載せた資料、みんなに回さないでぇ。って、気にするべきはそんなところじゃない。

部長が資料を手近なデスクに置いた瞬間、昼休憩の始まりを知らせるチャイムが鳴り響く。

まるで、地獄の門が開くのを知らせる鐘の音みたい。私、今この瞬間に、知美とすべての女性社員を敵に回してしまったんじゃあ……。

「姫香、今から休憩よね？」

がしり、と痛いほどの力で私の腕をつかむ知美。その目は、まるで獲物を狙う猛禽類のごとし。

「え、あ、あの」

「来て！」

ぐいっと腕を引っ張られ、私はなにも持たないまま、フロアの外へと連れ去られてしまったのであった。


「いったい、どういうこと！」

清掃ワゴン専用のエレベーターの前で、知美は声を荒らげた。自動ドアとエレベーターに阻まれた狭い空間に、ふたりきり。美人の眉間にシワが寄ると、ものすごい迫力……怖い。

「私も、なにがなんだか」

肩をすくめると、彼女は腕組みをしたまま、チッと舌打ちをした。

「どうしてよ。私は絶対に自分が採用されると思って、あのＣＭの案を出したのよ。会議に私が呼ばれないのもおかしいと思ったけど、まさかあんたがモデルだなんて」

ちょっと待って、なにそれ。知美は当然、美人である自分がＣＭモデルに採用されると踏んで、そんな案を出したってこと？　すごい自信。引くわあ。

「そういえば、この前、日下部長と仕事をするって」

「そうよ。このことだったの」

まあ、実際に入社当初に、知美をＣＭモデルにしたらどうかっていう話が出たとか出なかったとかって噂も聞いたことがある。

「姫香、本当に日下部長とはなにもないの？　いきなり異動してきて、モデルの話も横取りして、ありえない。おかしいじゃないの」

詰め寄られるけど、本当のことなんて言えるはずがない。静かに首を横に振ると、知美が背後の壁に思いきり手をついた。

ひいい、なんで女子に壁ドンされなきゃならないわけ～⁉

「そこまでだ」

ウイーンと自動ドアが開く音がした。はっと知美が壁から手を離して振り返る。

「解放してやってくれないか」

相変わらず冷静な顔でやってきたのは、日下部長だった。

「部長……」

まずいところを見られたとばかりに、知美はバツの悪そうな顔をして、うつむいた。

「松浦。お前の案を採用したのに、そのあとのキャスティングを相談しなかったのは俺の非だ。話があるなら俺にしろ」

部長は私がどのように責められていたか、だいたいの察しはついているみたい。黙ってしまった知美に、小さなため息をつく。

「昼飯に行くぞ、松浦」

「えっ」

部長が、知美を誘った?

「ゆっくり話を聞いてやるから」

そう言う彼の表情はいつも通りの仏頂面で、感情が読み取れない。

「あ、はい!」

知美はぱっと顔を上げると、少し乱れていた前髪を指で整え、狭いエレベーターホールを出ていく部長を追いかけていく。ひとり残された私は、呆然(ぼうぜん)と立ちつくした。

と、とりあえず助かった……。

部長が本当に知美とランチがしたかったのか、私を助けようとしてくれたのかはわからない。けど、助けに来てくれたと思おう。そのほうが嬉しいから。

ふうっと息を整え、営業部へ帰る廊下を歩きだした。ふと、一緒にランチを食べる知美と部長のツーショットが頭に浮かんでしまう。

『部長、ひどいです。キャスティングのこと、相談してほしかった』

涙目で見上げる知美。

『すまない。きみは綺麗すぎる。ＣＭなんかに出て、他の男に注目されるのは我慢できない』

少し下がったメガネを直す部長。

『それって……』

『実は俺は、ずっときみのことを……』

見つめ合い、手を取るふたり。

そこで強く頭を振り、無理やり妄想を追いはらう。

くそう。彼氏いない歴イコール年齢だと、うっかり濃い妄想をしちゃって困るな。

営業部に戻り、すりガラスで囲まれた部長ルームに入ると、桑名さんも休憩中なのか、いなかった。

ひとりでお弁当をつつきながら、スマホでゲームをする。

落ち着け、落ち着くのよ、私。とにかく仕事を早く覚えよう。そして部長に相談して、モデルはぜひ他の人に、私は事務に専念できるようにお願いしよう。

そう何度も頭の中で唱えているのに、心はいつまでもざわざわとして落ち着かない。スマホの上を滑る指が、いつもはかかない汗をかいていた。


休憩時間が終わると、部長はすぐに戻ってきた。けれど、「今、他の仕事中だから」とCMの話をすることは拒絶された。代わりに桑名さんに仕事を教えてもらい、午後の就業時間が過ぎていく。

「だいたいわかった?」

教えてもらったのは、営業部のパソコンシステムのことがほとんどで、受発注の画面の見方はわかったけど、肝心の電話はまだ取っていない。それが一番不安なのに。

「大丈夫だよ。基本ワンコールで取るのが決まりだけど、取れなくたって死にはしない。『新入りなので、すみません』って言って、わからなかったら何度でも聞き返せばいい」

桑名さんは、さらっとそう言うけど。

「でも、何度も同じことを聞き返されると、『チッ』って舌打ちしたくなりません？」

「なるね。でも、間違えたり、いい加減に伝えたりするよりは、舌打ちされたほうがいい」

　そりゃあね。だけど、できるなら怒られる数は少ないほうがいいじゃない。

「まあ、聞き慣れるまでは大変かもしれないけど、慣れたら大丈夫だよ。だって人事部の大事な仕事、ほとんどひとりでやってたんでしょ？」

　隣に椅子を持ってきて、座って教えてくれていた桑名さんが、ぽんぽんと私の肩を叩いた。

　部長、私のことをそんなふうに紹介していたんだ。

「うう……頑張りますので、ご指導よろしくお願いします」

「やだ。俺も忙しいからなるべく自分で考えて、わからないときだけ聞いて」

　桑名さんは笑顔でそんなことを言う。この部屋、悪魔しかいない……。じっとりとにらんでいると、終業のチャイムが鳴った。

「お疲れさまでーす」

　優秀な桑名さんは、チャイムが鳴るなり立ち上がり、さっと帰ってしまった。すりガラスの向こうもざわざわとしていて、どうやら事務方も営業も、一斉に帰っていくみたい。

　最近は残業をさせない企業が多いっていうけど、うちもそうだったのかしら。私は人事部でやむをえず残業ばかりしていたけど。ここの人たちは時間内に仕事を終わらせられる人たちばかりなのか、分業がうまくいっているのか。

「白鳥、帰るぞ」

「は、はい」

　部長が立ち上がる。『帰るぞ』って、一緒に出ろってことだよね。

　さっさと歩いていく部長について、そっとすりガラスルームから顔を出すと、もうほとんどの社員がいなくなっていた。まだいるのは男性社員がふたりだけ。

「キリのいいところで上がれよ」

「はい、部長」

「部長、お疲れさまでした！」

　顔を上げて挨拶をしたのは、同年代の若い男性たちだった。

　人事部と違って、やっぱり営業部はイケメンが多いな。イケメンというか、たとえ同じ素材でも見せ方がうまいっていうか。人に見られることを常に意識しているからなのかも。

そういえば、部長だってまだ二十八歳だよ。私とたった三歳違うだけなのに、だいぶ上のステージの人に思える……。

「なにをボーッとしてる。早く来い」

「えっ」

部長はエレベーターの前を素通りしてしまった。帰るなら、エレベーターに乗って一階まで下りなければいけないのに。

「どこに行くんですか?」

「すぐに着く」

彼の言葉通り、目的地は意外に近かった。エレベーターホールを突っ切り、角を曲がった突き当たりにその部屋はあった。

「倉庫?」

部屋の前のプレートには、そう書いてある。ここも社員以外……清掃の業者などは許可なく入れないことになっており、部長はICチップ入りの社員証を入口のモニターにかざす。するとドアが自動で開いた。

「お前、基礎化粧品はなにを使ってる?」

天井までつきそうな高い棚が部屋を覆い、その中にはうちの商品がずらりと並んでいた。もちろん、ここから商品を発送するわけじゃない。サンプルとして置いてあるものだろう。

「もちろん自社製品です」

これでも化粧品会社の社員の端くれ。他社製品は使っていません。

私は自分が使っているラインの基礎化粧品を見つけて指差す。

「それは若すぎるだろ」

宣伝で『二十代の女の子の肌に！』と謳(うた)っている化粧品なのに、部長は呆れ顔で、ぼそっとそんなことを言った。私、まだ二十五歳なのに。

「これはニキビができるくらいの若い肌を、健やかに保つためのものだ。お前はもう肌の曲がり角を越えている。もっと保湿をしたほうがいい」

な、なんだと。本来なら言いにくいことを、あっさりと真顔で言ってのけたな。ならば、ちゃんと『十代のぴちぴちのお肌に！』って書いておけい。

「お前の売りは、その白くてきめ細やかな肌だ」

「は……」

「しかし、触れたときにわかった。一見綺麗だが、表皮が薄くなっている。つまり、乾燥しているのだと」

いつの間にか目の前にいた部長が、そっと私の頬に触れた。

乾燥に気づいたのって、もしかして、あの夜……。

思い出して、彼の指が触れた箇所から、全身に熱が一気に広がっていく。

「洗顔はなにで？」

「へ……」

「洗顔」

なにを考えているのか、部長の表情からは見えない。私は質問の意味を呑み込むと、慌てて答える。

「オイルです」

「また、若者向けのものを……」

うるさい。だって、オイルはするする落ちて便利じゃん。

「オイルでは皮脂が落ちすぎる。お前は今日からクリーム洗顔だ」

「ええ～」

彼は私から手を離し、ドラッグストアではなくデパートで売っている、ちょっとお高めなクリームを差しだす。

でもクリームってベタベタするし、拭き取って泡洗顔もして……って感じで工程が多くて面倒くさいんだよね。

「そして、目のまわりはアイメイク専用のものを」

二層式になった細いボトルを差しだす部長。

うわーん、またメイク落としの工程が増えたよう。

「パックはしてるか」

「あまり」

「バカ者」

そう言って彼は、週二で使う、塗って乾いたらはがすパックと保湿用美容液を追加。

「風呂から上がったら、すぐ美容液、そのあとにローションパック。三分経ったら乳液。また三分経ったらクリームだ。わかったな。一気に塗ったら効果が存分に発揮されない。化粧水で水分を入れ、浸透させてから乳液やクリームで蓋をする」

言っていることはまとも、っていうか、今どき誰でも知っているであろうことばかりだけど、正直面倒……。

疲れた日はオイルクレンジングをして、べちゃって化粧水をつけて、そのまま寝たいのに。

「面倒くさいって顔するな。自分の顔を綺麗にできるのは、自分しかいないんだぞ」

ぷにっと頬をつままれる。

「い、いひゃいです」

若い頃のスキンケアが大事なんて、重々わかっているけどさ、そんなこと。

「どうせ、誰にも見られてないし〜とか思ってるんだろ」

部長のフチなしメガネが光る。

ぎくり。それ、私よく言っているかも。どうせ彼氏がいるわけじゃないし、誰も見ていないって……。

「これから全国の視聴者に、その顔をさらすことになるんだからな。撮影は一週間後。それまでに気合いとできる限りの潤いを入れろ」

彼はどこから取りだしたのか、自社ブランドのロゴが入っている紙袋を差しだす。

「それですけど、部長。私、あのお話はお断りします」

私は両手いっぱいに抱えていた化粧品を、部長に向かって押し返そうとした。けれど彼はそれを受け取るどころか、メガネの向こうの目を凶暴に細めて私をにらむ。

「なぜだ」

「私、目立つの嫌いなんです。ああいうのは、目立つのが大好きな人にやらせてください。松浦さんなんて適任じゃないですか。美人だし」

知美の名前を出すと、部長はため息を落とした。

「前にお前が言ってた美人の同期っていうのは、やはり松浦のことか」

そういえば、焼肉屋から帰るときにそんなことを言ってしまったっけ。

「あれと比べられ続けて、卑屈になる気持ちはわからんでもない。だが、そんな自分を変えようとは思わないのか」

彼は淡々と言う。私は唇を噛んだ。

私の気持ちが、わからないでもない？　冗談じゃない。あなたみたいなスペックの高い男に、私のような底辺の気持ちがわかってたまるか。

「……誰がなんと言おうと、今回はお前を使う。これは決定事項だ」

「どうして……」

「どうして？」

「どうしてそんなに、私に固執するんですか。あの夜のことなら、責任なんて感じないでください。忘れてほしいと言ったじゃないですか」

近くにあった棚に、渡された化粧品を乱暴に置く。すると、バランスを崩したパックのチューブが床にぽとりと落ちた。

「確かに俺は、お前を変えてやると言った」

部長はチューブを拾い、手のひらでもてあそぶ。

「けれど、そんな私情ひとつで、社の大事なＣＭモデルをお前に任せると思うか」

「あ……」

「ＣＭはひとつ作るのに、安くても三百万円はかかる。しかも有名な女優やモデルを使ったほうが無難に決まってるのに、なぜお前を使うか。それは」

チューブを近くの棚に置き、彼は鋭い視線で私を射抜く。

「お前なら、いけると思った。新商品のイメージにぴったりだと俺が思ったからだ」

確かに、ＣＭや広告には莫大なお金がかかる。そんな重要なことに、ただの私情で素人を使うわけがない。部長は私に対する償いとか施しとか、そんな気持ちじゃなく、単に自分が思い描くＣＭのイメージに私が合っていたと言うの？

「お互い、仕事は仕事。積極的にこなそうじゃないか」

彼は自分で紙袋を広げ、私が雑に扱った商品をひとつずつ入れていく。まるで、傷つきやすい宝石を取り扱うかのような手つきで。

「これは、私に託された重要な仕事。そう思えばいいわけですね。というか、そう思わなきゃならない」

受け取った、ずしりと重い紙袋は、私に負わされる責任の重さを表しているみたい。

「ああ。俺はそれを全力でサポートする」

大きな手が頭の上でバウンドした。見上げると、メガネの向こうの目がかすかに笑っていた。

「絶対に成功させるぞ、ちょんまげ」

「ちょ……それも忘れてください！」

乱れた前髪を直しながらあとずさると、部長は口元をほころばせた。

ああ、この人、笑うととってもかわいく見えるんだ——。

そんなことに気づいただけで、胸が熱くなる。

そうか、これは仕事なんだ。部長が私に任せようと思ってくれた大きな仕事。それなら逃げずに、やりきらなくちゃ。

ねえ、日下部長。この仕事が成功したら、もっと素敵な笑顔を見せてくれますか？

シンデレラの魔法

それからの日々は、社会人になってから一番過酷だと思えた。

昼は慣れない電話応対とパソコン作業。夜はエクササイズに半身浴に顔の手入れ。雑誌の付録についていた美顔ローラーで頬をころころしながら、その日の仕事の復習をしていたら、うとうとと寝落ちしそうになってしまうことも。

月曜の昼前。とうとう明日はCM撮影だというのに、顔から疲労感がまったく消えていない気がする。

「っていうか、部長の補佐で受発注や電話応対って、おかしくないですか?」

部長が販促部との最終打ち合わせに行っている間に、桑名さんに話しかけてみた。

「普通、部長職の仕事は営業部の売り上げデータをまとめて、上に報告するだけだもんね」

桑名さんがパソコンの画面を見たまま返事をする。

そうでしょ。部長って、その部署の管理が主な役割のはずでしょ。なのになぜ、お客様からの電話が部長宛てにガンガンかかってくるの? 課長や他の社員に任せたりできないの？

「主要顧客の管理も仕事のうちだからね。特に近年、部長が新たに開拓したお客様は、他の社員じゃなくて部長が担当じゃなきゃ嫌だって人もいるし」

　桑名さんいわく日下部長は、部長に昇進する前に獲得したお客様を他の社員に任せるのが嫌なのだそう。もちろん簡単な受発注は私たち事務員に任せるけど、大事な交渉やクレーム処理などには、自ら足を運ぶことも少なくないのだとか。

「それでも、部署の管理も手抜きせずやってんだから、偉いよな〜。俺、無理だわ。頭パンクする」

　言いながら、桑名さんはかかってきた外線電話に秒殺で出る。そしていきなり流暢な韓国語――だと思う。たぶん――で話しだし、受話器を置いたかと思うと次の電話が。それも取ると、今度は英語で話しだした。

　日下部長もすごいけど、桑名さんもすごいよ……。

　私も電話がかかってこないうちに、溜まっているデータ入力の処理を終わらせよう。

　真剣に画面に向かい、発注数を間違わないように注意してテンキーを叩いていると、次の受注を知らせるメールが。い、忙しい。

　もちろん、ここの本社から全国のドラッグストアに商品を仕分けて送るわけじゃない。私は本社の倉庫に、部長宛てに来た注文データを流すだけ。その倉庫から、まずは東北、東海、近畿など、その地域を統括する各小売店の会社の配送センターに商品が送られる。ここは別の運送会社が運営していて、他のメーカーの商品も到着する。

こうして集合した膨大な商品を、各店舗別にマシン、あるいはパートさんが商品を仕分け、それをトラックが運んでいく。デパートや海外に行く商品も流れは多少違うけど、だいたい似たような感じ。

全国展開しているドラッグストアは数知れない。それぞれの配送センターの数を合わせると、それはもう……はあ。考えると疲れるからやめよう。

そう思ったら電話が鳴った。ひと呼吸してから取ると、向こうからはやけに小さい声。しかも早口でダダーッと用件を並べられる。

「はい、はい。すみません、聞き取れなかったのでもう一度……申し訳ありません。新人なもので」

やたら長い商品名は聞き取れないこともある。

エクストラアンチエイジンググリッチモイストリペアクリーム！　って、なにかの呪文ですか。小枝を持って叫んだら、守護霊でも呼びだせそう。

そんなこんなで桑名さんに教育されながら仕事をこなし、毎日、午前十一時頃にはもうぐったりしてしまう日々。

「今戻った。なにもなかったか」

すりガラスルームに戻ってきた部長の声を聞き、倒れかけていた背がしゃきんと伸びる。

ここで倒れるわけにはいかない。まだ私にはやるべきことが残っているんだと、心の中でＲＰＧの主人公になりきり、自分を励ます。まだ初期装備の布の服と木の棒だけで、ぶたれたらすぐ倒れそうな感じだけど。

うなずき、また画面に向かってキーボードを叩く。

今まで桑名さんが全部ひとりでやっていた仕事だ。私がやっているのはその半分くらいなもの。なのに全然追いつけない。悔しい。

一心不乱に仕事に打ち込んでいると、部長の顔を見ることも少なかった。異動した日の夜は、『明日から見とれて仕事にならなかったらどうしよう』なんて心配もしたけど、それは取り越し苦労だった。部長の挙動なんて気にする暇もない。

彼も仕事中は見事に無愛想で、お客様からの電話応対を自らしているとき以外は一切笑わなかった。

昼休憩のチャイムが鳴ると、私はお弁当を入れた袋をデスクの上へ。キーボードの上に汚れよけ用の布をかける。

異動後、疲れきっていた私はお弁当を作る気力がなくなり、食堂へ行こうと思ったことがあった。しかし、他の女性社員に続いてオフィスを出ようとしたそのとき、思いきりドアを閉じられ、危うく挟まれそうになった。

わざとかどうかは確かめようもない。けど防衛のために、それ以来できるだけすりガラスルームの外には出ないようにしている。

「なにそれ、まずそっ」

パンを買って戻ってきた桑名さんが、私のお弁当を覗き込み、うなった。

うん、わかっている。保存容器の中にブロッコリーを詰めただけのこれが、おいしそうに見えるわけない。

「美容に気を遣ってるんだろ。明日はいよいよ、例の撮影だからな」

部長がマウスを扱う手を止めて言った。

「それにしてもさあ。もっと、ゆで卵とかレタスとかトマトとかを入れるとかさあ。彩りって大事よ。緑一色ってどうなの」

とかとかうるさいわ。ゆでた野菜が一番傷みにくいじゃん。生野菜は容器に困るじゃん。なにより、品数が多くなると面倒くさいの。

気にせずに携帯用のマヨネーズをかけて食べ始めると、部長から声が。

「白鳥」

ふとそっちを見ると、なにかが頭上に飛んできていた。フォークを口にくわえたま
ま、反射的にそれを受け取る。

「明日までに倒れるなよ」

夢中で取ったのは、鉄分が多く含まれたクッキー状のバランス栄養食。

「……はーい」

どうやら、明日撮影があるというのは夢じゃないみたい。ひとりでここの仕事を任
される桑名さんが、「あーあ、明日は地獄だなあ」とため息をついた。私だって同じ
気持ちだよ。

「桑名さん、代わってくだ――」

「やだね」

食い気味で断られた。

仕方ない。緊張するけど、それが一生続くわけじゃない。仕事だと思って乗り越え
よう……。

異動から一週間が過ぎ、よく眠れないまま、とうとう撮影当日になってしまった。

場所は、いつも販促部がCM撮影で使うというスタジオ。事前に地図を受け取っていたから、その入口まではたどり着けたけど。

「に、逃げたい……」

未知の世界に飛び込む不安で、心臓が激しく脈打ち、汗が噴きだす。

「なにしてるんですか？」

背後から声をかけられ、さらにドキッとした。

もしかして、不審者に間違われたのかな。

肩をつかまれ、その力に任せるままに振り返ると……。

「さ、佐伯くん？」

「白鳥さん」

向こうも目を丸くしていた。どうして佐伯くんが、ここに⁉ ……じゃない。彼は確か販促部。ここにいてもおかしくない。

「なんだよ。今日のモデルじゃないか。キョドってるから、変な人かと思った」

やっぱり不審者に間違われていた……。しかも最近も会ったのに、後ろ姿じゃ気づいてもらえないなんて。

がっくり肩を落としていると、佐伯くんの頬がひくりと動き、変な状態で固まった。

笑っているのか怒っているのかわからない形で。

「そういえば、例のもの、松浦さんに渡してくれた？」

例のものって……一瞬わからなくて、記憶をたどる。

ああ、ラブレターと高価な貢ぎ物のことね。

「もちろん渡したよ。あの翌日に、すぐ」

「そう。松浦さんからなにもリアクションがないんだけどな」

マジか。知美のやつ、無理なら無理とはっきり言ってやればいいのに。

「会って話をしようかな、とは言ってたけど」

知美の嘘つき。結局、興味がないから放置したんだ。普通、無理だったら一応謝って、高価な貢ぎ物は返却するよね？

知美の人でなし具合にため息をつくと、佐伯くんの眉が八の字を書くように曲がった。その下の目はまだ山型に笑っていて、なんとも奇妙な顔になっている。

「白鳥さん、もしかして……渡してくれてないんじゃない？」

「えっ？」

「リサイクルショップに、俺が彼女にプレゼントしたのと同じものが並んでるのを見たんだよ。もしかして、彼女に渡す前に売り飛ばしたんじゃ……」

がしっと両肩をつかまれる。

ちょっと待って。この人、なにを言っているの？

一方的にプレゼントをなすりつけて、リアクションがないから、私が着服してしまったと疑うって。それ、無理がありすぎる。あのプレゼントだって中身がなにかは知らないけど、オーダーメイドじゃない限り、同じものがリサイクルショップに売られていたって全然不思議じゃない。

「私、そんなことしない」

「今度のことだって、おかしいじゃないか。どうして白鳥さんがモデルなんだ？　松浦さんじゃないのか？」

「えっと……」

「企画を見たときは、彼女に会えると思って楽しみにしてたのに。こんなブスがどう変わるっていうんだよ。営業部長、目が腐ってんじゃねえの」

突然変わった暴力的な口調に、つかまれた肩が震える。

そんなの知らない。私だって、やりたくてやるんじゃないのに。

「おい、なにをしてる」

喉(のど)になにかが詰まったようになにも言えなくて、ただ佐伯くんを見上げていた私。

その佐伯くんの後ろから、さらに大きな影が被さった。

「あ……」

佐伯くんの肩に大きな手がかけられ、ぐっと引かれる。後ろにいたのは、日下部長だった。

「お前、うちの社員か」

「あ、あの」

佐伯くんが慌てて手を離し、体を反らせたとき、反対側からスーツ姿の別の男性が。

「おはようございまーす！　日下部長、早いですねえ！　おや、モデルさんに佐伯くんも」

大きなお腹をゆさゆさ振って現れた、人相のいい太ったメガネの男性。確か、販促部長だ。

「部長、彼はとても疲れているようです。帰宅させてあげてください」

「えっ？」

日下部長が販促部長に言う。

「佐伯くん、大丈夫？」

「は、はい」

「朝っぱらからよろけて女性に寄りかかるくらいなので、よほど体調が悪いかと」

日下部長が優しい声音で続けるけれど、その目はまったく笑っていない。むしろ、
佐伯くんをにらみつけていた。

「そりゃあいかんね。病院へ行きなさい。どのみち、きみは見学しに来ただけだし」

販促部長が心配そうに佐伯くんの肩を叩く。

そっか、佐伯くんは今回の企画には絡んでいないんだ。上司について見学する予定
だったのか。

「……失礼します」

佐伯くんは日下部長ににらまれ、私とも目を合わさず、こそこそ逃げ去っていった。

被害妄想も甚だしい。本気で病院に行ったほうがいいよ。

「じゃあ、行きましょう。白鳥さん、よろしく」

「は、はい！　よろしくお願いします！」

忘れていた緊張が一気に戻ってきて、膝が震える。私はふたりの部長に引きずられ
るようにして、スタジオの中に入ったのだった。

「よろしくお願いします。さあ、肩の力を抜いて～」

メイクルームに通されると、ふたりの部長は姿を消してしまった。そりゃあ、着替えもしなきゃいけないしね。だけど緊張するなあ。

【メイクアップアーティスト　高梨(たかなし)　葵(あおい)】というグレーのスタイリッシュな名刺をくれたメイクさんは、背の高い女の人だった。

先日でき上がったばかりの【営業部　白鳥姫香】という普通の名刺を差しだすと、なぜかいきなり笑われた。

「真面目！　本当に営業部の社員なんだ。名前がキラキラでかわいい～」

ひとっつも褒めていない……。まあ、褒められるところ、ないものね。

おとなしく椅子に座り、まさに、まな板の上の鯉(こい)状態に。目の前の机の上には、うちの会社の商品がずらり。

「任せてね。絶対、綺麗にしてみせるから！」

本当、お願いしますよ。私は心の中で祈った。

メイクの様子は、全部カメラマンによって撮影される。あとあと、メイクの仕方を消費者に教えるために、会社のホームページで使われるそう。

「はい、今回のモデルは、ばりばり素人。ちょっとおブス。あら、ごめんなさ～い。ちょっと地味めな姫ちゃんです」

「よ、よろしくお願いします……」

姫ちゃんって誰だ。私か。

明るく言う高梨さんは、オネエのように低い声で、濃いメイクをしている。カメラ慣れしているのか、緊張している様子はない。

「下地はこれを使いま～す」

彼女はカメラマンに見やすく商品を差しだしてから、私の顔に塗るという行為を繰り返す。

コントロールカラーを塗り、コンシーラーを乗せ、ファンデーションにノーズシャドウを入れ、ベースだけでも結構な時間を要した。私の前に鏡はなく、自分がどんな顔になっているのか確かめようがない。

「ほら！　顔がこんなに小さく、そして明るくなりました～！」

ぴかっと照明が顔の前で輝く。眩しそうな顔をしないよう、必死で目を見開き、口角を上げようと努めた。

「次はポイントメイクに移ります。ここで今日の主役、新製品の〝シンデレラマジック〟の出番で～す」

高梨さんが言うと、カメラマンが机の上に並べられた新製品を映す。

シンデレラマジックは新製品のブランド名。ちょっとダサイ気もするけど、わかりやすくていいか……。

「夏らしく！　かわいく！　この地味～なお顔を、キラキラのモテ顔にしちゃいま～す！」

オーバーに声を張りながら、高梨さんが真剣に私の顔に筆を走らせる。

まさにアーティスト。私の顔はさながら、白くてのっぺりしたキャンバスね。

「目尻のアイラインは、ここまでの長さ。すっと引きます。マスカラはしっかりまつ毛を上げて、たっぷり塗りましょう」

ふむふむ、なるほどと、途中から高梨さんのプロのテクニックに感心しながら話を聞いていた。

「でき上がりでーす！」

ピンクベージュのリップを塗り、メイクが完成した。

「どう？」

手鏡を渡され、それを覗き込んだ刹那、息が止まりそうになる。

「す、すごい……！　誰ですか、これ！」

なにがどうなればこうなるのか。まるで女優のような顔に私は変身していた。

ふんわりした優しげでナチュラルな眉、自分でどう頑張っても実現できなかった大きな目、くっきりした目鼻立ち、ふっくらとしたジューシーな唇……！

「つけまつ毛、してないですよね？」

「はーい。そのまつ毛はシンデレラマジックの新製品。こちらの、液がどこまでも伸び〜るロングマスカラのブラックを使ってまーす」

セールス上手な高梨さんのトークに聞き入っていると、カメラマンが一度カメラを止めた。

「すみません、手鏡だけじゃなくて、こっちにキメ顔ください」
キ、キメ顔？
「笑えばいいのよ。とっても綺麗になったんだから」

高梨さんが私の背中を叩く。私はなんとか、仕事で覚えた作り笑顔でその場を乗りきった。

「みなさんも、姫ちゃんみたいにモテ顔になりましょ〜！　それでは〜！」

彼女と一緒に手を振ると、カメラマンからＯＫが出る。その瞬間、椅子から崩れ落ちそうになった。

つ、疲れた……。この次はいよいよCM撮影本番。耐えられるのか、私。

「姫ちゃん、ありがとう。楽しかったわ」

「い、いえ！　こちらこそ、ありがとうございました！」

差しだされた高梨さんの手を、ぎゅっと握る。

「撮影の間のメイク直しは、助手がするから。新製品、成功するように私も祈ってる」

「はい！」

「最近は素人さんのメイクの腕も、プロ顔負けになってきてるけどさ。まだまだ、なにをどうしていいか悩んでる子もいると思うんだよね」

握手のあとで彼女は片づけをしながら、そう話す。

「いいよ、姫ちゃんの顔。みんなが夢を持てる。みんなが、こうなれるかもって思える。いい意味ですごく平均的」

やっぱり褒められている気がしない……。朝から佐伯くんにブスのコソ泥呼ばわりされたことが、意外に響いているのかも。

「なのに、メイクの仕方や角度で、はっとするほど綺麗な表情を見せるのよね」

「は……」

なにそれ。初めて言われたけど。

「あなたは綺麗よ。自信を持ってね」

にこりと笑い、高梨さんは再び私の肩を叩いた。私は、うなずくのがやっとだった。

「し、失礼します……」

メイクされた顔のまま、用意されたブルーのドレスに着替えて、撮影が行われるスタジオのドアをゆっくりと開ける。中ではまだ準備の途中だった。

人工的に風を起こす大きな送風機や、あとで背景をＣＧ処理するためのブルースクリーンが設置されている。その前には、ちょっとゴシックなデザインのかぼちゃの馬車が。

私が、あれに乗るシンデレラってわけ？

ひとり立ちつくしてぼんやりしていると、隅っこで販促部長と話している日下部長を見つけた。

「日下部長～」

知らない人がたくさんいるところ、苦手。助けを求めるように歩み寄ると、ふたりは私に気づいたのか、ほぼ同時に振り向いた。

「もしや、白鳥さん？」

顔中に汗をかいている販促部長が、目を丸くする。その横で日下部長は何度かまばたきをしていた。

「すごいよ、白鳥さん！　変身大成功だね！」

販促部長が汗ばんだ手で私の手を握り、ぶんぶんと振る。

「あ、はは……」

「日下くんの見る目に、間違いはなかったってことだ」

それならいいんだけど……。

デコルテが大きく開いたドレスは、スカート部分の生地が何枚も重なっており、その下にはパニエを仕込んで膨らませている。足元はガラスでできたようなハイヒールで、とにかく歩きにくい。

十二時で魔法が解けたとき、シンデレラはこんな格好で本当に走れたの？　おそらくとっても遅かっただろうに、どうして王子は追いつけなかったの？

「今日は副社長も見学に来るそうだから。頑張ってね」

「へ？」

販促部長、笑顔でとんでもないことを言ってのけたような。副社長が見学に来るですって？

くらりとめまいが起きそうになる。

「それ、いつ決まったんですか」

日下部長が質問した。その眉間には深いシワが。

「え、昨日だけど。知らなかった？」

なんの悪意も感じられない販促部長の表情。しかし、日下部長は変わらず顔をしかめたままだった。

「あの、どうかしましたか……」

聞いてみようと思った瞬間、スタジオ中がざわついた。何事かと思ってまわりを見ると、スタッフたちの視線がドアのほうに集中している。

つられてそちらに目をやると、そこにはスーツ姿の男性が。長身で、遠くから見ても表情がわかるくらい、くっきりした顔立ち。

もしや、俳優さんかしら？　王子様にしては、ビジネススーツだけど……。

「お、おはようございます～っ！」

販促部長が巨体を揺らしながら、そちらに駆け寄っていく。

もしや、あれが噂の副社長？　まさか。それにしては若すぎる。三十代になったばかりにしか見えない。

「挨拶に行ったほうがいいですか？」

日下部長に聞くと、彼は腕組みをしたままチッと舌を鳴らした。

「お前だけ行ってこい」

「はい？」

「俺は専務と同じく、あの副社長も嫌いだ」

やっぱりあの人、副社長なんだ。いくら元・人事部でも、あまりに上の役職の人には直接会ったことがない。名前は確か、日下誠也さんだっけ？

日下部長が動く気配がないので、少し心細く思いながらもひとりで挨拶に行こうとした、そのとき。

「おい、一成！」

副社長が、こちらに向かってにこやかに手を振る。

一成って、日下部長のことだよね。

挨拶をするタイミングを完全に失った私は、頭を下げるだけに留まった。

「今回のＣＭは、営業部の案を使うことになったと聞いてな」

「わざわざ来なくてもよかったのに。忙しいんだろ」

日下部長は無表情で答える。その声には、副社長に対する親しみが一切感じられなかった。

「お、彼女がモデルの社員か」

副社長がこちらを向く。私は慌てて深く頭を下げ直した。

「おはようございます！　営業部の白鳥です！」

「どうも、副社長の日下です。一成の兄です」

は……っ。

がばっと体を起こし、副社長を見上げる。

確かに、似ている。メガネをかけていないし、髪の分け目も違うからわからなかったけど、よく見ればちょっと垂れた二重の目や、鼻の作りが似ている。

「口を閉じて。はい、かわいい」

ぽかーんと開けた口を注意され、慌てて閉じる。すると、副社長はにこりと笑った。

「やっぱり、俺と一成は女性の趣味が似てるな。とてもかわいい人だ。うちの会社のどこに埋もれてたのかな」

副社長の指が、私のあごをくいっと持ち上げる。びっくりして目を見開くと、日下部長が動いた。

「戯れはそのあたりで。婚約者に言いつけるぞ」

私の顔からそっと、副社長の手を遠ざける日下部長。ふたりの手は一瞬触れ、すぐに離れた。

「ちょっとよく見てみようと思っただけだ。本番を楽しみにしてるよ」

眉を吊り上げる日下部長とは対照的に、不敵に笑った副社長は、スタッフに案内されて見学席へ歩いていった。

「モデルさんも、そろそろ……」

私もスタッフにとうとう呼ばれてしまう。

どうしよう。副社長が見ているなんて、余計に緊張する。

「本当に、私でいいんでしょうか」

ずっと考えないようにしていたことを口に出したら、足がぴたりと動かなくなってしまった。

「……今さらどうした」

「みんな、本当は思っているんじゃないでしょうか。どうして私なのかって。知美のほうがふさわしいのにって」

「またそれか。鬱陶しいな」

ため息をついた日下部長は、私の手を乱暴に引く。

「すみません。こいつ、トイレが我慢できないんだそうです」

彼は大きな声でスタッフに報告。スタッフは、それならばと快くうなずいた。

いや、ちょっと待て。乙女を前にして、トイレって大声で言わないで。もっと他の言い方があるでしょう。ものの言い方は大事って、自分でも言っていたくせに！

反論できないまま、ずるずるとドアの外に連れていかれた。日下部長は相変わらずの不機嫌顔。

「朝の、あいつに言われたことが原因か？」

どうやら、佐伯くんとのごたごたを全部聞かれていたらしい。

「ブスは自覚してますけど、私、人のものを盗ったりしません」

「そんなことはわかってる」

「でも、他の人から見たら、私ってそんなふうに見えるのかなって」

陰湿で、嫉妬深くて、しかも強欲で。

それはある意味、真実。人のものを盗ったりは絶対にしないけど、私はネガティブで、知美なんかいなくなってしまえばいいと本気で思うし、彼女が受けている恩恵の半分でもいいから私にくれ、と心の底では渇望している。

幼い頃からの劣等感が、私の見た目も中身もブスにしてしまったんだ。それはきっら、画面にネガティブオーラが映ってしまうんじゃないだろうか。

「私はシンデレラになんてなれない」

シンデレラはもともと、お金持ちの美人。継母に虐げられていたけど、自分でガラスの靴をわざとひとつ置いてきて、見事に王子様を射止めた策略家だ。

そんなことができたのは、自分の容姿に自信があったから。王子様が自分を探してくれるに違いないと確信していたから。

「そう思い込んでいる間は、お前は変われない」

うつむいていると、上から日下部長の低い声が降ってきた。

「変わりたいのなら、幸せになりたいのなら、本気で願え」

肩をつかまれ、あごを捕らえられる。無理やり上げさせられた視線の先には、いつの間にかメガネを取っていた日下部長が。

「本気で願うなら、俺がその願いを叶えてやる」

「日下部長……」

「こんなに綺麗に変身したのに、なにを言ってるんだ、バカ。俺が選んだ素材が、他のやつに負けるわけないだろう」

長いまつ毛の下の瞳が、まっすぐに私を見つめる。

「自信を持って笑え。俺は、お前の笑顔が好きだ」

「え……」

「説明会の前、一瞬だけ笑っただろ」

そう、だっけ？

日下部長といるとき、私はいつも緊張していたし、使えない人事部の上司に対しての不満ばかりで、笑ってなんかいなかった。でも部長が『専務が嫌い』とこぼしたあのとき、私は思わず同意して……。

「お前の笑顔は、人を安心させる」

表情はほとんど変わらないけど、その声には優しさが溢れていた。

「今までは笑えるようなこともなかっただろうけど、これからはもっと、俺が笑わせてやるから」

「……っ、ふ……」

「泣くな、メイクが崩れる。完璧にこの仕事をこなしてこい。終わったら、どれだけでも抱きしめてやる」

手を離され、頭をぐしゃぐしゃと撫でられる。私は懸命に涙を堪え、うなずいた。

『泣くな』なんて、ひどい。笑顔が好きだなんて言われたら、泣くしかないじゃない。

そんなこと、今まで誰も言ってくれたことがなかったんだもの。

「行くぞ」

「は、はい！」

日下部長がドアを開ける。その向こうには、室内なのに太陽が出ているように眩しい照明たち。

これまで誰も、私を見てくれなかった。

本当は、誰かに見てほしかった。私だけを……。

髪とメイクを少し直してもらい、私は歩みだした。今まで私にはひと筋だって当たることのなかった、まばゆい光の中へ。


監督と絵コンテを確認する。舞踏会に出かけようとしているシンデレラに、メイクの魔法がかけられるという、なんともベタでわかりやすい流れ。

メイク前の顔は先ほど撮影したものを使うらしく、私は魔法をかけられ、鏡を見て驚くという小芝居をしなくてはならない。

「手は口の前！　一緒に目を見開いて！」

指示通り、やってみる。けれど、自分では一生懸命やっているつもりなのに、関節がロボットみたいとか、顔が能面みたいとか、何度も怒られた。

「バカ！　それじゃ見栄切ってる歌舞伎役者だろ！　かわいく演じろっ！」

監督が叫ぶ。

かわいくって……それがわからないから苦労しているんじゃない。

必死で顔の筋肉を動かすあまり、普通より難しいことをやってしまっているみたい。

ひとつだけ救いなのは、セリフがないことだった。この上、喋れなんて言われたら絶対無理。

「はいっ、笑って！」

「え、えへへ」

「眉を不自然に上げるな！　マヌケ顔になるだろっ」

そんなあ。必死で作り笑顔をしているのに。日下部長の嘘つき。私の笑顔なんて、なんの威力もないよ。

ふと日下部長を見ると、微妙に肩を震わせていた。顔はうつむき加減で、拳で口を隠すようにして……。

あいつ、笑ってるじゃん！

ひどい。こっちは真剣にやっているのに。そりゃあ下手くそだけど、あんなに笑わなくても。

気がつけば、どっかりと椅子に座って見ている副社長も、販促部長も笑っていた。

「なによぅ……」

笑われて悔しいのに、笑いを堪えているみんなの顔を見ていたら、それが伝染してきた。

はは、変なの。私だけ、めっちゃ真剣なのに叱られている。

「それ、それだよ。自然に笑って！」

私は販促部長にフォーカスを当てることに決めた。

なんなの、あのお腹。笑いを堪えきれなくて、めっちゃ揺れてる。めっちゃ揺れてる……。

「いいね、いいね」

いつの間にか風が吹いていて、強めに巻かれた髪が揺れる。私はそのまま、販促部長のファニーな姿を眺めてにこにこし続けた。

「カット！　お疲れさまでしたー」

何度も髪やメイクを直され、最後にポスター用の写真を何枚か撮り、やっと解放されたときにはもう、足が棒きれみたいになっていた。

「はあ～」

よろよろとその場に座り込むと、すっと私の前に影が射す。見上げると、そこには副社長が。

「はわ！」

慌てて立ち上がったけど、足がじんじんしびれていて、結局同じ場所に転んだ。

「大丈夫？　無理をしないで。とてもかわいかったよ」

「め、滅相もない！　です！」

奇跡の一瞬を撮るために、何時間かかったことか。本当、スタッフの方々に申し訳ない。

「はは。でき上がりを楽しみにしてる。商品の売り上げもね」

副社長は私を無理やり立ち上がらせることはせず、さっさとその場をあとにした。

一日中見学していたけど、あの人、実は暇なのかな……。

「あいつ、実は暇なのか」

同じことを思ったのか、忌々（いまいま）しげに副社長の背中をにらみつけながら、日下部長が近づいてきた。

「いや〜、よかったよ〜。かわいかったよ〜」

販促部長も、はあはあ言いながらこちらに来てくれた。

ありがとうございます、あなたのおかげです。

私は心の中で、販促部長に手を合わせて拝んだ。

「すぐ編集して、二週間後には放送が始まるから」

「えっ、そんなにすぐですか？」

「当たり前だろ、夏用商品だぞ。それでも遅いくらいだ」

なるほど。今は四月中旬に差しかかったところだけど、すでに夏用ファンデーションのCMを見かけるものね。

「いつまで座ってるんだ。邪魔だから移動するぞ」

日下部長に言われて、気づけばまわりのセットは着々と撤去されている。かぼちゃの馬車も、ブルースクリーンもすでにない。スタッフが、私の座っているシートを早く片づけたそうにじっと見ている。

「ご、ごめんなさい」

私は慣れないヒールを脱いで立ち上がった。踵には、見るも無残な靴擦れが。

おばあちゃんのようによたよたしながら戻った控室で、ドレスを脱ぐ。撮影用のメイクを落とし、簡単にやり直すと、やっと普段の地味な服との釣り合いが取れてきた。

「力が抜ける……」

靴擦れに絆創膏(ばんそうこう)を貼り、いつものぺたんこシューズを履いてスタジオの外に出た。まだ少し冷たい春の風の中、頬に張りつく髪をよける。

「お疲れ」

声をかけられて振り向くと、そこには日下部長が。手には車のキーを持っている。

「部長……」

「なにをしてる。行くぞ」

日下部長は私を手招きする。まるで猫にするみたいに。私が来るのを確認しないまま、彼は背を向けて歩きだす。

「部長」

遠くに行かないで。そう念じると、彼は少しだけ振り向いた。

「ん?」

「魔法が、解けちゃいました……」

ホッとしたのか、気が抜けたのか。部長の顔を見た途端、涙腺が緩んだ。

魔法が解けて、私は元の地味な私に戻ってしまった。すると途端に心細くなって、胸が締めつけられる。もしかして全部が夢だったのかと思える。

部長と寝てしまったあの夜から、営業部に異動したことも、笑顔が好きだとか綺麗だとか褒められたことも全部、全部。

「こんな私でも、いいですか？」

ぼろぼろと涙がこぼれる。

夢で終わらないで。こんな素敵な奇跡を、ひと晩の夢で終わらせられるわけがなかったの。

「こんな私でも、抱きしめてくれますかっ」

あなたにとっては一時の気の迷いでも、私はこの奇跡を手放したくない。

そんな想いを込めて叫ぶと、部長が動いた。つかつかと大股で近づいてきたかと思うと、思いきり抱きしめられた。

「当たり前だ」

低い声が、耳をくすぐる。

壊れそうなほど高鳴る胸に、部長の香りを吸い込んだ。このまま息が止まってもいい。残酷な現実にさらされる朝なんて、永遠に来なくていい。

そう思う私の気持ちをよそに、彼はゆっくり体を離し、代わりに私の手を握った。

「続きは、人のいないところで」

そう囁(ささや)く部長の手を握り返す。

身分も違う。釣り合っていない。だけど、そんなこと今は関係ない。靴の片方だけ置いて帰るなんてできない。

靴擦れをした足を引きずりながら、必死で彼についていく。

すると彼はそれに気づき、歩く速度を緩めてくれた。そんな小さなことが、とても幸せなことに思えた。

変わり始める

――ぐるるるる……。

そんな色気の欠片もない音で目を覚ました。

ああ、お腹空いたなあ、って……。

「はう！」

何度かまばたきして目を開けると、そこには部長のメガネを取った顔が。

「……おはよう」

ちょうど同じタイミングで彼も目を覚まし、とろんとした瞳でこちらを見つめた。

メガネがないせいか、右目下のほくろがはっきり見える。仕事中の厳しさはまったく感じさせない無防備な表情に、どきりとした。

「もう逃げるなよ」

指に圧力を感じてそちらを見ると、なんと部長に手を繋がれていた。そんなことだけで、胸がきゅんと鳴る。

昨夜はあのまま部長の車に乗り、着いたのはなんと彼の自宅マンション。クタクタだったにもかかわらず、寝室になだれ込んだ私たち。そのまま服を脱がされ……気づいたらこの状態に。

「夢じゃなかった……」

部長の甘い視線に溶かされ、ふわんと意識が宙に浮く。

「こら、寝るな、ちょんまげ。今日は水曜だぞ」

ふっと手を離され、前髪を優しくつかまれて目を覚ました。

はうん。そうでした。今日は思いきり平日。容赦なく仕事の日でした。

「シャワーを浴びてこい」

「部長は？」

「あとでいい。それより」

手で作ったちょんまげを、彼が左右に揺らす。

「『部長』じゃないだろ」

「はい？」

「昨夜、名前で呼べと言ったはずだ」

そうだっけ。半分夢の世界に行っちゃっていて、よく覚えていない。しかもそんなことを突然言われても。照れくさくて仕方がないや。

「す、すみませんっ」

私はベッドから抜けだし、そのあたりにあった服で体を隠しながら、逃げるように寝室を出た。

シャワーを浴び、部長宅にあったサンプル品でメイクをして、仕方なく昨日着ていた服を身に着けた私はまた感動した。同じように身支度をほとんど整えた部長が、朝食を作ってくれていたから。

寝室に隣接しているLDK。白いダイニングテーブルに着くと、そこにはご飯と味噌汁。別の皿に目玉焼きとウインナー、トマトを乗せたサラダ。

「さっさと食え。時間がない」

「ちょっと待って。写真だけ撮っていいですか」

思わずスマホをかまえた私を見て、日下部長……もとい一成が呆れたように笑う。

「どうして、そんな誰でも作れるものをわざわざ撮るんだよ」

そう言う彼の髪型はまだ起きたときと同じで、前髪でおでこが隠れている。そうしていると実年齢よりも幼く見えてかわいい。

ご飯を撮るふりをして、今の一成もこの一枚に押さえたい……。とは思うものの、それはさすがに怒られそうなのでしぶしぶ断念して、箸を取った。

ああ、幸せで胸がいっぱい。お腹は空いているから、ご飯はしっかり食べるけど。

もりもりと朝食を平らげていると、先に食べ終わった一成が洗面所へ。戻ってきた彼は、いつもの無愛想な日下部長だった。

ああ、前髪……下ろしたままがよかったな。まあ、私しか見られない姿だと思えば、それもまたよしか。

「一緒に出社するわけにはいかないから、お前は少し先に出ていけ」

そうだよね。さすがに、おてて繋いで出社は無理だよね。

「じゃあ、また……会社で」

この部屋を出たら、本当に魔法が解けてしまいそう。バッグを持ってしょんぼりと玄関を出ていこうとすると、呼び止められた。

「姫」

『姫』って、私だよね？

靴を履いて振り返ると、間近に一成の顔が。

「仕事中は今まで通りで頼む。仕事が終わったら、また連絡するから」

彼はそう言って優しく私の肩を抱き寄せると、音をたてずにそっと唇を合わせた。

「いってらっしゃい」

ニッと笑って見送られ、ドアの外に出た途端、腰から砕けそうになった。

ややややばい。普段が無愛想な分、ギャップがすごすぎる。

歩きだすと、ふと強い風が吹いた。はらはらと、目の前にピンクの花びらが舞って踊る。

「桜……」

視線を移すと、満開を過ぎて散り始めている桜の、ちょうど枝の部分が目の前に広がっていた。どうやらマンションのそばの公園に植えられている桜並木みたい。少し前に知美と会社近くの桜を見たときは、まだつぼみだったのに。

「綺麗」

なんだか、別の世界にトリップしてきたみたい。空の青も、桜の薄いピンクも、こんなに綺麗だったっけ。うじうじして下ばかり見ていたら、きっと気づけなかった。

「よーし、頑張るぞ！」

仕事は仕事。ちゃんとしなきゃ。

もう私は、昨日までのネガティブな私じゃない！　とまでは言えないけど、なんとなく、自分を取り巻く世界が優しくなったような気がしていた。

撮影から二週間と少し。営業事務の仕事にもだんだん慣れてきて、パソコンでの受発注はだいぶ早くなったと思う。まだ電話が鳴るとドキドキしてしまうけど、魔法の呪文のような商品名や原料名も、少しずつ聞き取れるように。

ちなみに見た目は、今まで通り地味な服に地味なメイク。一成がそのようにしておけと言うので、そうしている。

「白鳥さん、事務に向いてるね。慌てなければ、もうひとりで大丈夫じゃない？」

桑名さんに笑いかけられ、思いきり首を横に振る。

「外国語、話せませんから」

「駅前留学すりゃいいじゃん」

そりゃあ、話せたほうがいいに決まってるけど、知らない外国人と個室でレッスンとか……おえ。もう緊張で吐きそう。

学生の頃の私は、どうして営業をやってみたいだなんて思ったんだろう。我ながら無謀すぎる。あの頃は若かったんだなあ。

「無駄なお喋りはするな」

一成が眉も目も一切動かさず、それだけ言い放つ。

桑名さんと私は口を閉じた。その瞬間、デスクの上の電話が鳴る。この短い呼びだし音は内線だ。ホッとして受話器を取る。

「はい。営業部白鳥です」

『あっ、白鳥さん？　販促部の細川です～』

販促部の細川？　ああ、撮影のときの、お腹の神様！　販促部の部長だ。太いけど細川。

「その節はお世話になりました」

あなたの立派なお腹がなかったら、私は笑えませんでした……。

『こちらこそ。ＣＭの評判、上々だよ！　商品の売り上げも右肩上がりだって』

そう、三日前に例のＣＭが放送開始された。開始当日は一成の部屋で、ドキドキしながらテレビ画面に向かった。

すっぴんの自分の顔に、ＣＧでメイクがなされていく様子は本当の魔法みたいで、うっかりときめいてしまった。でき上がった顔自体はＣＧを使っていないけどね。

『部長の言った通り、スキンケアを丁寧にしておいて本当によかったです』

『まあな。で、部長と呼ぶのはやめろと言っただろ』

『あ……ごめんなさい。い、い、い、一成……』

恥ずかしくて顔を背けた瞬間、自分のスマホが鳴った。

母からのメールかと思って放っておくと、次々にＳＮＳのメッセージ受信を告げる音が鳴り響く。

何事かと思いスマホを見ると、何年も連絡を取っていなかった中学時代の知り合いから、あまり話したことのない同期まで、【ＣＭ見たよ！】というメッセージを送ってきていた。テレビの影響力ってまだまだあるんだと、妙に実感した瞬間だった。

社内では、他の社員とすれ違ったときに、やけに見られていたり、こそこそと陰でなにかを言われていたりする声が聞こえてくる。けど、直接声をかけてくる人は少なく、いたとしても好意的なものが多かったので、ホッとしていた。

『それでね、販促物のサンプルを営業部に一セット差し上げるよ』

細川部長の声で我に返る。話をよく聞くと、売り場に掲げるパネルや小さなパンフレット、ポスターなどのサンプルが余っているらしい。

「え……」

そんなものをもらって、どうしろというのか。

共同企画だから、そういう気を遣ってもらえるのはわかるんだけど、フロアの隅でほこりまみれになる自分のパネルが容易に想像できた。

「わかりました。じゃあ、今からうかがいますね」

『え？　いいの？　若い者に持っていかせるよ』

「大丈夫です」

さすがに廊下で、自分の顔がバーンと見えてしまうのは恥ずかしい。自分で持っていれば、うまいこと隠しながら運ぶことができる。

内線を切って立ち上がると、一成が視線だけ上げた。

「部長、販促部へおつかいに行ってきます。例の販促物をくださるそうなので」

「そんなもの、持ってこさせればいい」

「いえ、細川部長に直接お礼を言いたいので」

もっともらしい理由をつけると、一成は、ふむとうなずいた。

「よし。すぐ戻ってこい。気をつけて」

「気をつけてって……初めてのおつかいじゃないんですから」

桑名さんが揚げ足を取って笑うと、一成のメガネがキラリと光る。黙った桑名さんは無視して、フロアの外へと出た。

一成は、販促部に行くことで私が嫌な思いをしないか、心配してくれたんだと思う。

そう、そこには佐伯くんがいるから。

大丈夫かな、あの人。もう気持ちの整理がついているといいんだけど。きっとあれだけまわりが見えなくなるほど、知美のことを好きだったんだよね。でもそこは、あんな人でなしを好きになった佐伯くんが悪いんだよ。早く成仏してね。

営業部を出た途端、ふっと肩の荷が下りたようにプレッシャーから解放される。おつかいもたまにはいいもんだ。

販促部は一階下のフロアにあるので、いつも混み合うエレベーターを避け、非常階段を下りることにした。すると。

「げっ」

「『げっ』て、なによ」

階下から、妖怪ろくろ首……じゃないや。松浦知美が現れた！

「どこ行くの？」

「は、販促部に……」

「ふうん」

長い髪を後ろでまとめ、ゆったりしたシャツから首筋が見える知美は、女性から見てもセクシー。って、見ている場合じゃない。

「そういえば、佐伯くんの貢ぎ物の返事って、した？」

「は？　なんだっけ、それ」

彼女にとって佐伯くんの貢ぎ物は、とっくの昔に忘却の彼方らしい。

「ああ、思い出した。ごめん、仕事が忙しくて忘れてた」

「えっ」

「なによ」

「いや、なんでも……」

そうか。知美だって同じ人間。わざと放置していたわけじゃなくて、仕事が忙しかったんだ。

「佐伯くんに、なにか言われたの？」

「あ……うん。返事がないって気にしてたから」

「そう。あんたにじゃなくて、私に言えばいいのに。変なやつ」

確かに。まあ本人に直接言えるくらいなら、最初から私にキューピッド役なんか頼まなかったでしょうけど。

「それより。姫香、今夜暇？」

「へ？　突然なに？」

「飲み会の人数が足りないんだけど、来ない？」

飲み会って……違う言葉で言えば合コンか。知美が私を誘うなんて珍しい。

私は引き立て役にぴったりだろうけど、そもそも彼女は自分に引き立て役なんか必要ないことを知っている。だからなのか、今までそういうのに誘われたことはほとんどない。

「どうして私を？　知美、ＣＭのことで怒ってるんでしょ。本当なら、私のことなんて見たくもないはずじゃない」

営業で外に出ていることが多い知美と、最近は社内で会うことも少なく、あのエレベーターホールで壁ドンされて以来、ちゃんと話をしていなかった。こっちはいつ攻撃されるかと、びくびくしていたんだけど。

「ああ、もういいわ。日下部長に言われて気づいたのよ。私、そんなのに出てる暇ないの」

「部長に？」

「そうよ。今度、課長に推すつもりだから、今は営業に集中してほしいって。これ、内緒よ」

得意げに知美は笑った。

なるほど、きっと私が壁ドンされたあとに誘ったランチで、彼はそう言って彼女を説得してくれたんだ。

「二十五歳で課長なんてすごいじゃない」

素直に賛辞を贈ると、知美は満足そうにうなずく。

「まあ、当たり前よね。それだけまわりより仕事をして、成果を上げてるんだもの」

そうだよね。あの一成が、頑張っていない人を課長に推すとは言わないよね。きっと私が知らなかっただけで、知美は仕事で努力して結果を出してきたんだ。

ちょっと前なら、『美人だから仕事もうまくいくんでしょ』と物事を斜めから見てしまったかもしれない。けれど不思議と今は、そうは思わなかった。

「それに、CM見たけどよかったよ。姫香、本当にシンデレラみたいだった」

「え……」

「日下部長の目に、狂いはなかったってことね」

知美に褒められたことなんてなかったので、どうリアクションしていいのかわからない。心の底では嬉しいと思っているのに、うまく声に出せなかった。

「それはさておき、行くでしょ？」

返事をしないで固まる私をよそに、知美は飲み会の話に戻る。

「ううん、行かない」

ふるふると首を横に振ると、彼女は大きな目を見開いた。そして私の肩をがっとつかみ、ふんふんと首筋のにおいを嗅ぎだす。

「な、なによ」

「姫香、あんた男ができたのねっ？」

顔を離し、真剣な目で見つめてくる知美。

「な、な、なにを根拠にそんなことを」

「だって、今までは赤ちゃんみたいなにおいがしてたのに、今は女のにおいがする！　よーく見たら、前より綺麗になってる！」

なにそれ。私、乳くさかったってこと？　子供っぽかったって言いたいの？

「とうとう、どっかの男の手にかかったのね……」

「や、やめてよ」

「で、相手はどこの誰？　まさか社内の人間じゃないわよね？」

知美の探るような視線に、背筋に悪寒が走った。言えない。絶対、言えない。

「その話はまたね。あまり遅くなると怒られるから」

おお、恐ろしい。経験豊富な人は、他人の変化にも敏感だわ。

もし私が一成と付き合っていると知ったら、知美はなんて言うだろう。

想像しそうになって、やめた。以前は彼女が悔しがる姿を見てみたいと思っていたけど、今はただただ恐ろしい。触らぬ神に祟（たた）りなし。

逃げるようにして、慌てて階段を下りる。途中で何段か踏み外して転びそうになったけど、なんとか堪えた。

無事に販促物をもらって、また人目につかないように非常階段を使ってすりガラスルームに帰ってきた。

ファイルを保管している棚を開け、空いているスペースにごそごそとそれらを押し込む。それ以降はいつも通り仕事に集中し、定時を迎えた。

「お疲れさまでしたー」

桑名さんがいつものように、先に帰っていく。

「じゃあ、私も……」

「ああ。お疲れ」

どうやら今日は少し仕事が残っているらしく、一成はパソコンに向かったまま挨拶だけした。私がバッグを持ち、デスクを離れようとした瞬間。

「そうだ。これ、記念に持って帰るか？」

いつ立ち上がったのか、しまい込んでおいた販促物を取りだして彼が言った。

両手を広げたくらいの長さのパネル、どうやって持っていけっていうのよ。

「いえ、恥ずかしいので遠慮します」

確かに、いい記念にはなるだろうけど、パネルは邪魔。

「パンフレットだけ、もらっていこうかな」

これならバッグに入るし……と、パネルと一緒に入れられていたパンフレットを取りだそうと、ビニールを破っていると。

「お、これいいな」

いつの間にか一成が、特大ポスターを両手でくるくる広げていた！　そこには当然、ドレスを着た私の姿と商品の写真が。

「……ここに飾っておこう」

無表情のまま、彼は室内にある他の商品ポスターのフレームを外そうとする。

「や、やめてください〜っ」

写真は奇跡の一枚を収めたもので、プロのメイクの腕もあり、決してブスではないけど……自分の姿をオフィスに飾りたい人はあまりいないと思う。恥ずかしすぎる。

「どうして。とてもいい。芸術作品じゃないか」

フレームを外そうとした手を止め、再度ポスターを広げて見る一成。

「どうしても、ダメです」

「そうか。仕方ない」

そう言うと、彼は諦めたようにポスターをくるくると巻き直し、もともと入れてあったケースの中へ。そしてそれをしまうのかと思いきや、なぜか自分のデスクの足元に置いた。

「それ、どうするんですか?」

「気にしないでいい。仕事が終わったなら帰りたまえ」

『たまえ』って。なに、その芝居がかった言い方。

「お前がいらないなら、俺がこれをどうしようと勝手だろう」

そう言いながら、パネルまで自分の足元へ。

「……これは寝室だな」

ぼそりと言う声が聞こえてしまった。

「持って帰らないでくださいね?」

「どうして」

『どうして』って。やっぱり、自宅へ持っていくつもりだったんだ。

「別に、変なことには使いやしないさ」

「へ、変なことって……」

「お前がいないときに、このポスターで自分を慰めたりは――」

「やめてください！　ここは会社です！」

デスクをバンと叩くと、一成はにやりと笑う。

「冗談だ。自宅といえど誰が来るかわからないんだから、堂々と飾ったりしない。保管するだけだ」

「それならいいですけど」

はあ、すっかりからかわれちゃったみたい。

職場では見事なまでに無愛想だから、こんなふうにからかわれることは予測もしなかった。そういえば、もう終業時間を過ぎていたっけ。

「そうだ。今度の週末、暇か？」

「え？　ええ、暇ですけど」

「じゃあ、空けておいてくれ。一緒に行ってほしいところがある」

ほわっと心が宙に浮く。これって、デートのお誘い？

「どこへ行くんですか？」

「それは当日に言う。お疲れ」

そう言ったきり、一成はパソコンの画面を見たまま。それ以上は教えてくれそうにない。彼の顔がいつもの無表情より少し暗く見えるのが気になるけど、仕事で疲れているのかも。

私は一礼し、部屋から出た。

帰った私を待っていたのは、いつも通りの自宅だった。着替える前に台所を覗いてみると、そこにはラップをかけられたハンバーグが。テレビの前のソファに座っていた母と父が、こっちを向く。

「おかえり。ねえ、ちょっと」

「ただいま。着替えてくるね」

立ち上がった母をスルーして、二階の自室に上がろうとする。

「ちょっと待ちなさいよ。あんた、いつの間に会社を辞めたの⁉」

母が、いきなりつかみかかってきた。

「は？」

どうして私が会社を辞めたなんていう話に？

「もしかして、ＣＭを見たの？」

「そうよ。あの化粧品のCM、やっぱりあんたがやってるんでしょ。親の目に狂いはないわよ！」

……と言うわりに、気づくのに三日かかっていますけど。

放映開始は三日前。パートから帰ってきてから、ずっとテレビをつけっぱなしの母の目に入らなかったのは偶然なのか、なんなのか。

「いつの間に会社を辞めて、芸能人になったんだ？」

父まで、そんな大ボケ発言を。

「よく見た？　あの化粧品、うちの会社の商品でしょ。今回だけ、社員を使ってCMを作ろうって話になって、それで」

「それでどうして？　あんたの会社、知美ちゃんもいるんでしょ。なのに、なんであんたなの」

幼なじみなので当然、母も知美のことはよく知っている。

ほらね、これがあのCMを見た身内の素直な感想なのよ。社内でもそう思われているんだろうなあ……。

もう話す気もなくなり、母の手を振りはらって無言で二階に上がろうとした、そのとき。

「ねえっ、あの化粧品、いくらするの？」

「はい？」

振りはらわれたにもかかわらず、母はもう一度私の肩をつかむ。

「あんたが使ったメイク用品一式、私も欲しい！　ねえ、会社にサンプルとかはないのっ？」

「一応、サンプルはもらったから家にあるけど……」

母は学校給食の調理のパートをしていて、どうせ汗で流れてしまうからと、ほとんどメイクをしない。そんな母が、こんなに食いつくなんて。

「同じ遺伝子を持った普通顔のあんたが、あんなに綺麗になったんだもの。私だって、なれるはずでしょ」

本当、テレビの影響力ってすごい。他の視聴者もこうやって思ってくれれば、商品の成功、間違いなしなんだけどなあ。

「どうせ誰も見てないだろうけどさっ、自己満足でもいいから、ちょっとやってみたいって気になったのよ」

今年で五十歳になる母の顔はシミとシワだらけで、なんとも言えない哀愁を感じさせる。

そっか……何歳になっても、普段は気にしていないように思えても、やっぱり母も女なんだ。

「でもあれ、プロのメイクさんにやってもらったから……素人で完全に再現できるとは言い難いんだけど」

ベースメイクはサンプル品がないし、あったとしても五十代の肌には合わない。もっと保湿力の高いものでないと。

「いいのいいの。ＣＭでも『メイクの仕方はＷＥＢで』って言ってたし。ちょっとタブレットで見てみるから」

まだガラケーで、アドレス登録もろくにできなくて私に丸投げしてくる母が、タブレットを使う気になっている……！

私はちょっと感動して、というか母の迫力に圧倒されて、いつの間にかこくりとうなずいていた。

自室に戻り、会社でもらったサンプルを持ってきて、居間のテーブルに広げる。すると母は、まるで新しいおもちゃをもらった子供のような笑顔でそれを覗き込んだ。

「じゃあ、私、ご飯食べるから」

さあ、部屋着に着替えてこよう。そう思った私に、母が声をかける。

「あー、そうそう、姫香」

「今度はなに」

そろそろ本当にお腹が空いてきたんだけど。

振り返ると、母が部屋の隅を指差した。

「昼間、あんたに荷物が届いたの」

部屋の隅には確かに、荷札の貼られた段ボール箱が。

なんだろう。通販もなにも頼んでいないはずだけど。しかも、野菜を出荷する段ボール箱くらい大きいし。

テレビの前を通り、箱を持ち上げようとする。

「姫香、日下一成さんとは、どなただい？」

父がソファに座ったまま声を出した。

「え？」

どうして父が一成の名前を？

ふと見ると、荷札の差出人のところに【日下一成】と書かれていた。

これ、一成から？

「ええと、日下さんは営業部の部長で、私の上司で……」

『私の彼氏なの』なんて言ったら、両親は大騒ぎするだろう。今までまったく男っ気のなかった私が、無断外泊を二回しただけで、めちゃくちゃうるさかったもんなあ。

「付き合ってるのか」

「えっと……」

「そうでなければ、どうして個人名で宅配便など送ってくるんだ」

父の顔がだんだん険しくなってくる。

「たぶん、仕事に必要なものじゃないかな」

冷静にかわし、大きな箱を持ち上げようとする。けれど、それは結構な重量感があった。小柄な私では、これを持ち上げたまま階段を上るのはしんどいかもしれない。

ええい、父なんか無視だ。ここで開けてしまえ。

梱包（こんぽう）しているガムテープをはがし、箱を開けると、中からまたラッピングされた白い箱が。リボンをほどき、中の箱を開けると、そこには。

「服じゃないの」

いつの間にか覗き込んでいた母が、歓声に近い声を上げた。

その中に入っていたのは、薄い水色のワンピース。両手でつまんで引き上げると、安物ではなさそうな、しっかりした生地でできていることがわかる。腰のところがていて、おそらく膝丈で収まる。

きゅっと絞られていて、くびれて見えそう。その下のスカート部分は少しふわりとしていて、おそらく膝丈で収まる。

「なにこれ……」

段ボール箱の中には、もうひとつ箱が。それを開けると、ワンピースに合いそうな白いパンプスが現れた。

白。ハードルが高い。こんなのすぐ汚れそうだから、自分じゃ絶対買えない。

絶句していると、母が勝手に箱の中をまさぐる。そして、平たい封筒を探り当てた。

『あっ』と思う間もなく母はそれを開け、中からカードみたいなものを取りだす。

「【俺のお姫様へ】……だって！」

「ちょっと！　なに勝手に……」

取り返そうとした私の顔面を、ぐにっと手のひらで押さえる母。

「【今週末、きみの予定が空いていることを願って】……これを着てデートしようってことね！」

まさか。そういうことなの？　会社ではなにも言っていなかったくせに。

こんなサプライズプレゼントなんて、一度もされたことがなかったから、腰が抜けて座り込んでしまう。

「なんて気障な男と付き合ってるんだ。遊び人じゃないのか」

父の呆れ声に、ムッとする。

「遊び人なんかじゃない」

付き合っていない私といきなり寝てしまうような人だけど、仕事は真面目だし……遊んでなんかいない。きっと。……そう信じたい。

「お父さん、自分がまったく敵わない相手だからって、そういうこと言わないの」

少し不安になりつつあった私の横で、母がドンとテーブルに拳を叩きつける。私はびっくりして、持っていた靴を落としそうになってしまった。

「きっと素敵な人なのよ。最近の姫香の顔を見て、そう思わないの？　ちょっと前までの、無気力なブス顔じゃないのよっ」

無気力なブス顔……。母よ、あなたも似たような顔だぞ。

「姫香がこんなにキラキラしてるのは、素敵な人と恋をしてるからよっ。その人に見つめられてるからなのっ」

だんだんエキサイトしてくる母に、父は新聞を盾にして反論する。

「お、俺はただ、姫香を心配してだなあ……」

「娘の心配ばかりしてないで、自分を顧みなさいよ！　家に帰ってきても、嫁のことなんて見向きもしないで！」

　母の怒声に、悲痛な響きが交じる。

「あんたは昔からそうよ。帰ってきても、新聞とテレビばっかり見て。私がどんな気持ちで、仕事と家事と子育てをやってきたと思ってるの？」

「や、やめなさい、子供の前で……」

「いいえ、言わせていただきますっ。姫香、素敵な彼氏を大切にするのよ！　そして、あんたはきっちり幸せになってちょうだい。間違っても、こんな男を選んじゃダメよ！」

　びしっと指を差された父。

　確かに、父が母を褒めているところは見たことがない。仕事も家事も子育てもやるのが当たり前って感じで、たまに新しい服を着ていても、おいしいご飯を作ってくれても、なんのコメントもなし。それじゃ、やる気をなくしたってしょうがない。

　娘の前でこんなふうに言われて気の毒ではあるけど、私は女だから、どうしても母に同情してしまう。私も結婚した人にそんな扱いを受けたら、きっとベコへこみするだろう。

「私だって綺麗になって、素敵な彼氏、見つけてやろっと。姫香がお嫁に行っちゃったら、話し相手もいない。こんなつまらない家でただ汚くなって死んでいくのなんて、ごめんだからねっ！　ああ、姫香がうらやましい……っ」

母は涙声で、サンプルを両手で抱え、どたどたと居間を出ていってしまった。

「既婚者のくせに……いい年してなにを言ってるんだか。お前は、あんなおばさんになるなよ」

ごほんと咳払いをして言った父は、とても気まずそうな顔をしていた。

「あんなかわいそうなおばさんにしたのは、誰よ」

今思えば、母はずっと我慢していたんだろう。つらいパートに、家事に子育て。私に自信を持たせるような言葉をかけてくれなかったのは、母自身に心の余裕と自信がなかったからだろう。

「仲直りしてよね」

それだけ言うと、一成のプレゼントを抱いて階段を上がった。

私は、幸せになるんだ。真剣に願えば、一成がその願いを叶えてくれると言った。

どうか、彼の気持ちがこの先も変わりませんように。不可能かもしれないけど……

私も今以上に努力するから。

私はまた、運命の神様に祈った。

あっという間に迎えた週末。

「眠れなかった……」

会社帰りのデートは何度かしたけど、昼間に会うのは、実は初めて。一成のくれたワンピースは、カジュアルすぎず気張りすぎずな、ちょうどいい綺麗めのものだったけど……。

「に、似合ってないかなあ」

待ち合わせ場所の駅前で、私はおろおろしていた。服はいつもベージュや黒や白、色味があるのは紺ぐらいしか着なかったから、こういう爽やかな服が表情となじまないのかも。さっきから何人かの通行人が、ちらちらとこちらを見ていくような気がする……。

はっ、もしや、このバッグのせいだろうか。一応去年のボーナスで買ったブランド物なんだけど、なぜか色がオレンジ。完全にタンスの肥やしになっていた上に、今日の服には合わないかもと思ったけど、やっぱりおかしいのかな。でも、これくらいしかなかったんだもの。

今いる駅前はファッションビルが多く建ち並んでいる。でも、今からバッグを買ってくるのもなんだしなあ……と考え込んでいると、前方からふたりの男の人がこちらに近づいてきた。

「あのう」

なんだろう。宗教の勧誘とかでなければいいけど。

男の人はふたりとも、Ｔシャツにジーパンというラフな格好だ。

「もしかしてあなた、化粧品のＣＭに出てた？」

「シンデレラの……」

そう言いながら、片方がスマホを取りだす。まさか、こんな普段着で気づかれるなんて。確かに顔はオフィスにいるときより、かなり気合いを入れてメイクをしてきたけど。

「ち、違います」

とっさに嘘をついてしまった。

「いや、本人でしょ。やっぱり実物はかわいいなあ」

「俺たち、週刊誌の記者です。ここで会ったのは偶然だけど、みんな〝姫ちゃん〟の正体が誰なのか、どんな子なのか知りたがってるので、インタビューをお願いできませんか」

そう言いながら、片方がスマホを私に向ける。そしておもむろにカメラのシャッターを切った。

「えっ」

まさか突然、無断で写真を撮られるなんて思わなくて、完全に油断していた。びっくりして固まってしまう。

「化粧品会社の動画では、〝どこにでもいるＯＬ〟と紹介されてた姫ちゃんですが、本当に素人さんですか？　芸能事務所に入ってるなら、どこの事務所か教えてほしいんですけど」

通行人が、こちらを振り返っていく。恥ずかしいったらありゃしない！

「いえ……単にあの会社と縁があった、本気の素人です」

芸能事務所だなんて、とんでもない。本当のことを言ったらなにを書かれるかわかったものではないので、それだけ答えると、いつの間にかボイスレコーダーを取りだしていた男がぐっと近くに寄ってきた。

「やっぱり本人だ。それは認めますね？」

にやりと笑う男。しまった。直前の質問に答えればいいってもんじゃなかった。

「じゃあ、どこの企業のＯＬさんか教えてくださいよ。ネットでは、あの化粧品会社のＯＬさんじゃないかって噂が出てますけど」

ネットって……いったいどこで、私のことが噂になっているんだろう。見ず知らずの人に叩かれているのを知るのが怖くて、ネットは極力見ないようにしていたからわからない。

一成も、決してネットは見るなと言っていた。人気女優だって、カリスマアイドルだって、アンチは必ずいる。この世には、なんでもかんでも揚げ足を取って他人を陥れようとする人がいるって。

スルーするのが一番だと思って、うつむいていると……。

「彼女に、なにか用ですか？」

横から低ーい声が聞こえて、顔を上げた。そこにはいつの間に近づいていたのか、私服姿の一成が。

ビジネス用とは違う、ざっくりとした印象の白シャツを着崩した長身の彼。たるんたるんのTシャツを着ているふたりの男が、その迫力に圧倒されてあとずさる。

「あっ、前髪！」

仕事中はいつもセットされている前髪が、今日は下りて自然に流れている。しかも、メガネが外されていた。

「私、こっちのほうが好きです」

「ありがとう。でも、ちょっとだけ黙っててくれるかな」

頭を撫でられて黙ると、一成は私の前に立つ。

「あ、あのう、あなたは……？」

「彼女の恋人ですが、なにか」

まったく愛想を感じさせない低い声。

「彼女に聞いた話ですが、取材はすべてお断りしているはずです」

「あ、あの、でも」

「もし勝手な取材で適当な記事を書いたら、訴えます」

一成はそれだけ言うと、私の手を引いて歩きだす。ふたりの男は追ってこない。どうやら、身長百八十センチの男に見下ろされ、すごまれて、ビビってしまったみたい。

「だから、自宅に迎えに行くと言ったのに」

少し苛立った声で、一成が呟いた。

確かに、前日に待ち合わせ場所を決めたのは私だ。だって、自宅は築二十年以上経っていて、建て替えもしていない。はっきり言ってしょぼい家だから、見られたくなかった。いまだ冷戦中の母や父が出しゃばってきて、迷惑をかけたりするのも嫌だもの。

それに、あんなふうに絡まれるなんて思ってもみなかったし。

「ごめんなさい。うちの前の道路、とても狭くて」

「それは仕方ないが、ああやって絡まれる前に、なんとか逃げろよ。ボーッとしてるんじゃない」

彼の後ろをついていくと、コインパーキングの看板が見えてきた。

「びっくりしました。まさか、取材されるとは思ってなくて」

「お前は危機感がなさすぎる」

「でも……一成が助けに来てくれて、嬉しかった。まるで王子様みたいで」

頭の中を、白馬に乗って白タイツと冠を着けた一成が横切っていく。メルヘンな妄想でほわんとしていると、彼が立ち止まった。

「……まったく、お前は……」

「はい？」

一成の体から力が抜けていくみたい。どうして？

「もういい。行くぞ」

彼は私の手を繋ぎ直し、また歩きだす。

私は人生で初めての昼デートの始まりに、ただただドキドキしていた。ついさっきトラブルに巻き込まれそうになったことなんて、さっぱり忘れていた。

「そうだ、これ、ありがとうございます。びっくりしちゃいました」

車が発進してから、本来なら今日一番に言わなければならなかったことを思い出した。もちろんメールではすでにお礼を伝えていたけど、直接言えたのは今が初めて。

「似合ってる」

一成は、ちらっとこちらを見て微笑むと、すぐ前を向いてしまった。

運転中だから当たり前だけど、それにしても、口角がいつもより下がっているような……？　仕事のときは無愛想でも、ふたりきりのときはもうちょっと笑っていることが多いのに。

この前も感じたけど、最近の彼は表情に疲労みたいな影が見え隠れする。

「あの、それで、今日はどこへ行くんでしょうか？」

微妙に重い空気の中、相手の表情をうかがう。

「ああ……実は、あるブランドのパーティーに招待されてて。そこに行こうと思う」

よく聞いてみると、それは誰もが知っている世界的に有名なジュエリーブランドだった。

「ええっ」

「大丈夫。平服でいい気楽な集まりだ。気に入るものがあるといいな」

『気楽な』って、そんなわけないでしょう。ブランドのパーティーなんて、当然ながら行ったことがない。どう振る舞えばいいのか、さっぱりわからない。

気に入るものが……ってことは、即売会みたいなものだろうか。もし気に入ったとしても、今日買う決心なんてつかないよ。とはいえ、まさか一成にねだって買ってもらう度胸もない。

「あの……それって、強制参加なんですか？」

「ん？」

赤信号で、彼がこちらを向く。

「別に、そんなことはないが」

「じゃあ、別のプランに変更しませんか？」

「……嫌なのか？」

一成の口角がますます下がっていく。

「嫌じゃないですけど、一成、疲れてるみたいだから」

そう言うと、彼は少しだけ目を大きく開ける。

「疲れてるのに、人の多い場所に行くと、もっと疲れませんか」

「それはそうだが……お前はそれでもいいのか？」

信号が青に変わり、一成は前を向く。

「私はいいですよ」

むしろ、庶民的なデートのほうがありがたい。華やかな場所も一成となら怖くはないし、ちょっぴり憧れはある。けど、せめて数日前には教えてほしい。心の準備がいるから。

「そうか……。実は、今日は指輪を買ってやろうかと思ってたんだが」

「指輪？」

「ああ。指輪を常に身に着けてれば、男がいるとわかりやすいだろ」

そういえば学生のとき、右手の薬指に指輪をするのは、『彼氏がいます』っていう意味があるとかないとか聞いたことがあるような気がする。

そういうの、いまだにあるんだろうか。社会人になってから、そういう話と疎遠になっていたからなあ。

「社内で、お前に手を出そうとする男がいるかもしれないからな」

「まさか。いませんよ、そんなの！　心配ご無用！」

あははと笑う私とは対照的に、一成はよりいっそう口角を下げた。

「小悪魔め」

「はい？」

「なんでもない。じゃあ、いらないんだな」

「もらえれば嬉しいですけど、今日でなくてもいいし、そんな高級ブランドでなくてもいいです」

さすがに子供用のおもちゃみたいな、ゴムで編んだものとか、蛍光色のビーズ製はへこむかもしれないけど。

いや、もし一成が手作りしてくれたなら、それだけでも喜んでしまいそう。

「一成が、私に印をつけておこうと思ってくれただけで、嬉しいです」

恋人がいるとわかるように指輪を着けておけってことは、一成が私を独占したいと思ってくれているんだよね。勘違いでなければ。そんなふうに扱われたことがないから、それだけでもありがたい。

「……どうして」

「はい？」

「どうして、そんなにかわいいことを言うんだ」

そう言い、一成の大きな手が私の頭を乱暴に撫でた。

「よし、じゃあお前の言う通りにする。まずどこに行けばいい？」

乱された前髪を整えてから目を向けると、彼の口角が、やっと少し上がっているのを見つけた。ホッとしたら、私も自然に笑っていた。

私たちを乗せた車は行くべき方向を変え、ゆっくりと走りだした。

置いてけぼり

結局、私が指定したのは、出発したコインパーキングから車で三十分くらいのところにある公園だった。小さい頃、両親に連れてきてもらった記憶をたどり、駐車場を見つける。

「意外に大きそうだな」

駐車場には、ファミリーカーがたくさん停まっていた。

入口にある案内版を見ると、私の記憶にある公園とあまり変わっていなかった。東のほうに鳥類や亀などの爬虫類、猿やミーアキャットなどの小型の動物たちなどがいる小さな動物園がある。一方、西側には背の低い観覧車やメリーゴーラウンドがあり、ジャングルジムやローラーすべり台などの子供用の遊具も並んでいる。真ん中には広々とした芝生広場があり、その前には大きな池が見えた。

「ここにしましょうか」

途中で寄ってもらった百円ショップで買ったレジャーシートを広げ、バッグで重しをする。

雲がほとんど見えない青空に、髪をさらう爽やかな風。まわりには小さな子供を連れた家族が何組かいたけど、それほど混んでもいない。気づけば、五月の大型連休が始まったばかり。みんなもっと遠くへ出かけたんだろうか。

「地べたに座ってメシを食うなんて、小学校の遠足のとき以来だな」

一成はそう言いながらウェットティッシュで手を拭き、私が差しだしたサンドイッチを受け取る。これは、公園の近くでおいしそうなパン屋を発見したので、そこで調達したもの。

「私もですよ」

厳密に言えば、高校生くらいまで、友達とコンビニに寄って買ったものをその辺で食べたりしたことはあるけど。

彼が大きな口で、カツサンドを頬張る。私はその横で、卵とハムのサンドイッチをくわえた。

「意外にうまいな」

「はい、おいしいです」

ぱくぱくとそれを食べ終えると、サンドイッチと一緒に買ったキャップ付きの缶コーヒーを開ける一成。私がジャスミンティーのペットボトルを開けるのに苦心していると、黙って取り上げてキャップをひねってくれた。

「はー……」

コーヒーをひと口飲み、一成が息をつく。

「大人になってからは、こういうの初めてだ」

「公園デートですか?」

「ああ。悪くない」

一成が、前をよちよちと歩いていく一歳くらいの女の子を見て微笑む。

よかった。意外に気に入ってくれたみたい。

「私なんて、デート自体が初めてです」

中高生の頃の休日は、家でだらだらしているか、友達とショッピングセンターをうろついていた。大学生の頃は、バイトばっかりしていたっけ。寂しい人生だった……。

遠い目をしていたのか、半笑いで一成が答える。

「嘘だろ」

「本当です。知美がモテまくってたのを、遠くからボーッと見てるだけでした」

「それは残念だ。こんなにかわいいのに」

指で私の頬に触れた一成の目が細められる。仕事のときには見せない優しいまなざしに、胸が熱くなった。

彼は私の頬から卵の欠片を取って食べる。

わあ、恥ずかしい。ほっぺに食べ物をつけるなんて、子供みたい。

「こんなにリラックスしたのは久しぶりだ」

ごろりとレジャーシートの上に横になる一成。私も一緒に横になってしまおうかと思ったけど、スカートなのでやめておいた。

こんなに穏やかな気持ちになれたのは、私だって久しぶりかもしれない。彼を好きになってから、知美への嫉妬や、人事部の上司たちへの怨念なんかを感じることが少なくなった。

営業部で慣れない仕事をするストレスはあるけれど、人に対する恨みに比べれば、どんなに軽いものか。人をうらやんだり恨んだりするのは、自分が思っていたより、すごく力のいることだったんだなあ。

「この先の連休は、どうします？」

「どうもできそうにないな。休めそうなら、一緒に遠出したかったけど」

「仕事ですか？」

「いや……お前は、なにか用事はないのか？」

歯切れの悪い一成の返事に、違和感を覚えた。

今、話をはぐらかされた？

連休中に一成を縛るものってなんだろう。仕事ではないとすると……親戚付き合いとか？　気になるけど、話をはぐらかすということは、あまり突っ込んで聞いてほしくないってことだよね。

「特に用事はないです。家でゆっくりしようかと」

「それもいいな。連休中は、どこに行っても混んでて疲れるだろうから」

そのあとは仕事の話はせず、当たり障りのない話をした。学生時代の部活はなんだったとか、修学旅行はどこに行ったとか。私の過去は嫉妬にまみれた黒歴史だから、特に面白おかしく話せることなんてなかったのだけど。


のんびりとした時間は、いつもよりゆっくり流れていくような気がした。少し沈黙が訪れるときもあったけど、別段苦にはならない。同じ空間で同じ時間と空気を感じている。それだけで充分だと思えた。

「もうこんな時間か。せっかくだから、歩いてみよう」

そう言われて腕時計を見ると、午後三時を指していた。

「遊園地や動物園のほうは、まだ混んでそうですね」

遠くから、子供たちの元気な笑い声が聞こえてくる。

「池のほうに行くか」

レジャーシートを袋に入れ、一成が私に手を差しだす。その大きな手に触れようとした瞬間。

「おっと」

一成のお尻のポケットに入っていたスマホが、けたたましく鳴りだした。目で『ごめん』と言うと、彼は後ろを向いて電話を取り、話しだす。

大事な電話かな？

「……そうですか。わかりました。今から向かいます」

……え。聞き間違い？『今から向かいます』って言った……？

「悪い、姫。緊急の用事ができた」

スマホから顔を離し、本当にすまなさそうにこちらを見る彼。しかし、その表情に浮かんでいるのはそれだけじゃなかった。緊張のような、焦りのようなものも感じる。

「わかり、ました……」

『誰からの電話だったの』と聞けない自分が情けない。こんなときにしつこくしたら、嫌われてしまう気がして。

「ひとりで帰れます。どうぞ、行ってください」

繋ごうとしていた手を引っ込め、ぐっと拳を握る。

こんなとき、知美ならどうするんだろう。やっぱり怒るんだろうか。それとも、好きな相手なら笑って許してしまうのだろうか。

私は、とてもじゃないけど笑えない。だって、もっと一緒にいたかったんだもの。『行かないで』なんてワガママは言わないから、笑えない私を許して。

「姫……」

低い声が聞こえる。けれど、うつむいてしまった私には、芝の上にある彼の影しか見えない。

「もしよければ、一緒に来てくれないか」

拳を握っていた手を、そっと包まれる。ゆっくり見上げると、笑みの消えた表情で、一成がまっすぐこちらを見つめていた。まるで、なにかを懇願するように。

「行っていいんですか？　あ、でも、どこへ……」

「それは車の中で説明する」

ぐい、と繋がれた手を引かれた。どこへ行くのかもわからなかったけど、私はその手を振りほどくことができなかった。

誰からの電話だったのか、今からどこへ行くのか。知りたいけど、知るのが怖いような不思議な気持ち。

私はきっと、今まで知らなかった一成の領域に踏み込もうとしている。そんな気がした。


「実は、親父が一ヵ月前から入院してて」

車を出して少ししたあと、一成が話しだす。

「入院……」

一成のお父さんは確か、うちの会社の社長だ。社長が入院しているなんて、聞いたことがない。きっと極秘事項なんだろう。

「平たく言えば、癌なんだが、やたらあちこち検査をして、結果が出るたび医者に呼びだされる」

癌だなんて……闘病する本人がどんなにつらいか、想像もつかない。それを見守る家族だって、気が気じゃないだろう。

軽く『それは大変ですね〜』なんて言えなくて、小さくうなずく。

「それで、今日も検査結果を聞きに行くんですか？」

「いや、今日は違う。親父は入院してからメンタルもやられてしまったみたいで、たまに錯乱してしまう。すると家族が呼ばれるんだ。俺が行くと、少し気持ちが落ち着くらしい」

「そう、ですか……」

なんと言っていいのか、ますますわからなくなる。そんなところに一緒に行って、私になにができるだろう。

「もしかして、最近疲れているように見えたのは、お父さんの看護が大変だったからですか？」

ふと思いついたことを聞くと、一成は静かに首を横に振る。

「看護なんてできない。俺にできるのは、親父の話し相手だけだ」

病気の家族に付き添うだけでも、ストレスはあるだろう。彼がほとんど残業をしないのは、お父さんのお見舞いに行くためだったのかもしれない。父親の気持ちを落ち着かせるために、夜遅くまで病院にいる一成の姿が自然に想像できた。

連休にどこも行けないと言ったのも、きっとそのため。病気のお父さんを置いて、遠出なんてできるわけないものね。私とこうして会う時間を作ってくれたということは、他にも交代でお父さんの様子を見に行ってくれる人はいるんだろうけど。

「嫌なら、途中で降りていい」

「はい？」

「こんな重い話、付き合いきれないだろ。そう思ったら、言ってくれ」

運転中の横顔からは表情が読み取りにくくて、それが彼の本心かどうかはわからなかった。

「……いいえ、行きます」

確かに、重い。付き合い始めたばかりの私には、重すぎる。

けど、ここで帰ろうという気にはどうしてもなれない。だって、さっき一成は言ったんだもの。私の手を握って。

『もしよければ、一緒に来てくれないか』

私には、それが『心細いから一緒にいてほしい』と言っているように聞こえたから。

返事を聞いて、一成は「そうか」とうなずいた。それ以降、車内の会話は途絶えた。

三十分ほど車を走らせてたどり着いたのは、大きな総合病院だった。茶色の建物を見上げる。

「今日は休みだから」

そう言い、一成は私を救急患者の搬入口で手招きした。土日は外来が休みのため、中央の出入口が閉まっているらしい。

エレベーターに乗り込み八階で降りて、薬なのか消毒なのか、独特のにおいのする病棟に足を踏み入れた。

「こんにちは」

休日だからか、ナースステーションもなんとなく静かな気がする。一成の挨拶に気づき、看護師たちがこちらに軽く頭を下げた。

「あっ、日下さん。すみません、お休みの日に」

病棟の奥のほうへ歩いていくと、キャスター付きの台にノートパソコンを乗せた看護師がこちらへ向かってきた。どうやら、この人が一成に電話をかけてきた人らしい。

「お世話になってます。父の具合は?」

「どうも、気持ちが落ち着かないみたいです。昨夜も深夜に大きな声を出してしまったり、今日も少し錯乱したりすることがあって……薬を打ったり内服してもらったりはしているんですが、やはりご家族がそばにおられるときが一番落ち着かれるようで」

「そうですか。ご迷惑をおかけします」

一成は看護師に軽く頭を下げ、病室のドアをノックする。

「親父、俺だ。入るよ」

引き戸を静かに開けると、人の声がした。先に誰か来ているみたい。

「あの……私も入って大丈夫でしょうか？」

躊躇していると、一成が振り返る。

「問題ない」

その言葉に少し安心して、彼に続いて病室の中に入る。どうやら個室らしく、ベッドはひとつしか見当たらない。けれどそこは、私が想像していた病室とは少し違った。

床には絨毯（じゅうたん）が敷きつめられており、小さな流し台と冷蔵庫が設置されていた。その横には、クローゼットまで。反対側にはトイレだけでなく、浴槽までついているのがちらっと見えた。ベッドの正面には大型液晶テレビ、横にも小型テレビがだ。しかしせっかくの設備は使われた形跡がほとんどなく、テレビもついていない。

「ここはどこだ？」

くぐもった声が聞こえ、びくりと体が震えた。ベッドの中で、もそりとなにかが動く。生気のないそれが生きた人間だと気づくのに、数秒を要した。

その横には、先客の姿が。それは一度だけ会ったことのある副社長……一成のお兄さんだった。

「だから、病院だって」

「どうして俺は、病院になんているんだ。家に帰らせてくれ！」

部屋中に響く大きな声。またもやびくっとすると、副社長の横にいた看護師が、こちらを見た。

「日下さん、次男さんも来てくれましたよ」

大きく明るい声で話しかける看護師の声が聞こえたのか、ベッドの上の人が口を閉じてこちらを見る。それは、入社式のときに会ったきり見たことのなかった、痩せ細った社長だった。

会社説明会のときにもらった資料では、もっとハリのある笑顔だったのに。落ちくぼんだ目にこけた頬。ヒゲは看護師に剃ってもらったのか、あまり生えていない。腕に挿入された点滴の針が痛々しかった。

「一成。それに、シンデレラの……」

副社長の声に、我に返る。慌てて会釈をするけど、社長はじっとこちらを見ているだけだった。

「父さん、大丈夫です。みんないますよ。病気を治して元気になったら、家に帰りましょう」

一成が低く落ち着いた声で言いながら、社長に近づく。その硬そうな手を握ると、社長は荒かった息を落ち着け始めた。

「なんだよ。やっぱり、俺だけじゃダメか」

副社長が苦笑いのような表情を浮かべる。

「親父お気に入りの婚約者がいれば、違っただろ。今日は来ないのか？」

婚約者……そういえば、撮影のときもそんなことを言っていたような。

「ああ、あいつとは……」

副社長が口を開こうとしたとき、社長の体が微妙に動いた。

「さ、小夜子(さよこ)？」

その声を聞き、一成と副社長が同時に社長を振り返る。

小夜子って言った？　それ、誰？

「こっちに来て、よく顔を見せてくれ。小夜子だろう？」

社長は私に向かって、おいでおいでと手招きをする。後ろを振り返るけど、誰もいない。やはり私に話しかけているみたい。

「父さん、違うよ。この人は白鳥姫香。俺の大事な人」

優しく言い聞かせるように話しながら、一成の大きな手が私の背中を押す。そのせいで、私は彼よりも社長の近くに行くことになってしまった。

「こ、こんにちは」

挨拶をすると、社長は少し残念そうに眉を下げた。けれど、一度まばたきをすると、ふと笑う。

「そうだよな、小夜子はもう亡くなったものな……」

「え？」

「若い頃のあいつによく似ている。小夜子に会えたようで元気が出るよ。ありがとう、お嬢さん」

点滴が刺さったままの腕を社長が動かし、こちらに手を出す。その震える手を、とっさに握った。冷え性の私より、よほど冷たい。

「私も、お会いできて嬉しいです。早く元気になってくださいね」

冷たい手を少しでも温めようとしてさすると、社長の目が潤(うる)んでいくように見える。もしかして泣いてしまうのかと思ったけど、社長はそのまま、まぶたを閉じた。

「ありがとう……」

そう言ったきり、社長は黙ってしまう。

「お休みになられたようですね。昨夜からなかなか落ち着かなかったので、疲れていたんでしょう」

見守っていた看護師がそう言った通り、体の上に置いた手から、少しずつ力が抜けていく。

「じゃあ、ここでこうしていても仕方がない。俺は帰るよ」

副社長はあっさり言うと、さっさと病室から出ていってしまう。

「ちょっと待て」

一成がそのあとを追う。私は社長の手を離すことに躊躇したけど、結局追いかけることにした。

「また来ますね」

聞こえていないであろう社長に、申し訳程度に挨拶し、病室の引き戸を開ける。すると、ナースステーションの向かいにあるデイルームにふたりの姿が見え、近づいた。

「なんだよ。看護師たちが見てるぞ」

「関係ない。俺の質問に答えろ」

テーブルにもたれかかる副社長を、一成がにらんでいる。今まで見たことのないような、怒りを含んだ瞳で。

「理沙は……理沙はどうして来ない。最近、病院でも姿を見ないとは思ってたが」

理沙って誰？　また知らない名前が出てきた。

「理沙に会えることを期待して、頻繁に見舞いに来てたのか？」

「そうじゃない。ちゃんと答えろよ」

厳しい一成の口調に、副社長は肩をすくめるふりをした。

「別れたんだよ。婚約は解消」

「なんだと。聞いてないぞ」

今にもつかみかかりそうな勢いの一成に、はらはらする。

「理沙が『言わないでくれ』って言ったからだよ。そもそも、あいつから婚約の解消を言いだしたんだ」

「まさか」

「信じられないなら、自分で確かめろ」

そう言われた一成は、ぐっとうつむいた。かと思うと、大きく踏みだす。

「一成！　どこへ行くの？」

思わず声をかけると、一成が振り向く。そこで初めて私の存在を思い出した……そんな顔をしていた。

「悪い。あとで必ず連絡する。説明するから」

早口で言うと、それ以上は私になにも聞かれないようにするためか、早足でその場を去っていった。

いったい、なにが起こっているの？　どうして私、一瞬でも存在を忘れられて、そして置き去りにされてしまったの？

呆気に取られて、一成の行ってしまったほうをぼんやり見ていたら、ぽんと肩を叩かれた。

「送ってくよ」

そう言ったのは、休日にもかかわらずスーツ姿の副社長だった。

「いえ……」

『結構です』と言いかけた私に、副社長は薄く笑いを浮かべた顔で言葉を被せてくる。

「こんな儚(はかな)げな女性を、ひとりで帰すわけにはいかないよ。それに、聞きたくないか？　俺たちが今、なんの話をしてたのか」

そう言い、彼は私の背を押す。

「それより、お父さんはひとりにして大丈夫ですか？」

寝てしまったとはいえ、さっきまで情緒不安定だったのに……。

私が聞くと、副社長は立ち止まって目を見開いた。

「ああ……夜には、叔母が様子を見に来るはずだから」

そうか。やっぱり他にも付き添ってくれる人がいるんだ。

少しだけホッとすると、副社長は再び歩きだす。私は彼に押されるまま、一緒に歩くことにした。このまま帰って、ひとりきりで一成の連絡を待つ勇気がなかったから。


「さて、まず小夜子という女性のことだけど」

副社長の車は、一成の乗用車とは違う、シルバーのやたら大きな外車だった。車に興味がないので名前はわからないけど、その風格からして、一般庶民に買える代物ではないことはわかった。その車の助手席に乗せてもらい、病院の敷地の外に出た途端、副社長は話しだす。

「小夜子というのは、日下小夜子。俺たちの母の名だ」

『俺たちの』ということは当然、一成の母でもある。

「社長の奥様は、去年お亡くなりになってますよね」

人事部だった頃に、社長の奥様が急にお亡くなりになったという訃報を社内メールで各部署に送った記憶がある。

「そう。それから父はすごく落ち込んで、みるみるうちに弱ってしまった」

「いっ……部長は、病気でメンタルが弱くなってるって……」

「きみたち、付き合ってるんだろ。『部長』じゃなく『一成』と呼べばいい。まあそれは置いておいて、父が病気でメンタルが弱くなってるっていうのは当たってるよ。もともとへこんでたところに、追い打ちをかけるように病気になって余計弱ってる」

無理もない。だから精神的に追いつめられてしまったのか。

「父がきみを小夜子と呼んだのは、きみが母に似てるからだよ」

「えっ？」

「細かなパーツは似てないけど、全体の雰囲気がね。少し似てる。撮影のときに初めてきみを見たとき、俺もそう思った」

嘘でしょ。この地味な私が、セレブ妻だった奥様に似ているだなんて。といっても、私は奥様の顔を見たことがないから、似ていないとも言いきれないけど。

いや、どこか似ているところがあったからこそ、社長は私を奥様だと思ったのかもしれない。

「そして、理沙のことだけど」

先ほど社長に握られた手をじっと見ていると、副社長が話題を変える。

「さっきの会話の流れを聞いていたら、だいたいわかると思うけど、理沙は最近まで俺の婚約者だった女性」

そういえば、ＣＭ撮影のときに私に絡んだ副社長に、一成が『婚約者に言いつける』とか言っていたような。

「元は俺たちの幼なじみだったんだ。年は俺のひとつ下、一成のひとつ上。親同士も仲がよかった。母の葬儀も手伝ってくれたし、親父も気に入ってて、実の娘みたいに思ってるようだった。入院してからよく見舞いに来てくれて喜んでたんだが」

幼なじみ……。親同士が仲がいいってことは、理沙さんもセレブなお姉さんだったのかな。

「けど、婚約は……」

「そう。白紙に戻した。正しくは、俺がふられた」

「どうして？」

もしかして、浮気がバレたとか？　顔がよくてお金持ち、おまけにちょっと軽い感じの副社長なら、やりかねない。

じとっとにらむと、そんな視線に気づいたのか、副社長が苦笑した。

「俺が本気で彼女を好きじゃないからだ、って言われたよ」

「やっぱり、浮気……」

「違う違う。そうじゃない」

本当？

嘘なら見抜いてやろうと、さらににらみつけると、副社長は進行方向を見たまま平気な顔で話を続ける。

「俺は一成が産まれてから、すべてをあいつと取り合ってきた。まず母だろ。それからおもちゃにおやつ。学校の成績でも習い事の成果でも、なんでも競い合って……それが普通だった」

ふたつ違いの兄弟が競いながらケンカをする姿は、容易に想像できた。でもそのことと、理沙さんとの婚約破棄と、どういう関連が？

「だから、一番近くにいた理沙も、一成と取り合う形になってしまった」

どくん、と心臓が大きく跳ねた。

「俺は理沙に好意を抱いていた。けれど同時に、一成が彼女を好いていることもわかっていた」

「それで……」

「絶対に渡したくないと思って、あの手この手で振り向かせ、やっと手に入れた。でも、手に入れた瞬間に興味が薄れていくのを、自分でも感じてしまった。俺はただ、一成より先に彼女を手に入れたかっただけなのかもしれない」

「ひどい」

　思ったことを、はっきり口に出してしまった。だって、そんなの……理沙さんは、おもちゃやおやつじゃないのに。

「理沙もそれを感じたんだろう。たった三ヵ月の婚約期間だった」

　三ヵ月。そう聞いて、はっとした。そういえば初めて一成と寝てしまったあの日、焼肉店で彼女がいるかと聞いたとき、『ふられたばかり』と彼は答えた。副社長と理沙さんが婚約してしまって、一成はとてもショックを受けたんだろう。あの日の彼の苦笑いが脳裏によみがえる。

「……じゃあ今頃、一成が理沙さんを口説いてるかもしれませんね」

　副社長と理沙さんが婚約を破棄したと聞き、歪んだ一成の顔。仕事中だって、プライベートだって、あんなに怒った顔を見たことはなかった。きっと彼は、理沙さんが副社長に傷つけられたと思って怒ったのだろう。理沙さんの気持ちを考えて……。

「かもね」

　沈んでいく私の気持ちも知らず、副社長は平然と答える。

「じゃあ、きみは俺と遊びに行く?」

赤信号で副社長がこちらを見て、いたずらっ子のように笑う。けれど、私の心は凍ついていくばかりだった。

「いいえ。ここで失礼します」

シートベルトを外し、ドアを開ける。

「待って。本当に?」

「ええ。どうもありがとうございました」

お礼を言い、信号が変わる前にドアを閉めて歩道へ避難した。外はすっかり暗くなっている。副社長は車の中でなにか言っているみたいだったけど、信号が青に変わるとそのまま行ってしまった。

あんな人でなしの言うことを真に受けて『一緒に行きます』となるわけがない。

「聞かなきゃよかったなあ……」

幸い、降ろしてもらったのは駅の近くで、角を曲がるとすぐに飲み屋が並んでいる通りに出た。慣れない靴でぺたぺたと歩いていると、泣きそうな気分になってくる。

一成は、私の笑顔を好きだと言ってくれた。けれど、それは本当に〝白鳥姫香の〟笑顔だったのだろうか。

私にお母さんの面影を見いだしたから、そう思っただけ？　今、彼は、誰を見ているの？

　ぐるぐるといろいろな考えが頭の中を巡る。

「……どこかで飲んじゃおうかなあ」

でも、ひとりで飲み屋に入る勇気はさすがにないなあ……と思っていると。

「姫香？」

　後ろから声をかけられ、振り向く。そこには、よく知った知美の姿が。

　休日の彼女は仕事モードよりカジュアルで、サマーセーターにロングスカートとスニーカーを合わせている。そんな姿でも、通りすがりの酔っぱらいがことごとく振り向くくらい綺麗。

「どうしたの？　なんか今日、かわいい」

　知美は軽やかな笑顔で私の前に駆け寄る。

「知美……」

　大嫌いなはずなのに、なぜかその顔を見たら、涙腺が緩んだ。

「え？　なに？　どうしたのよ」

「あの、あのね……」

「知美、誰それ」

急に知らない男の人が知美の横に現れ、どきりとする。

「ああ、幼なじみで会社の同期の姫香」

「ふーん……。話ならまた今度できるだろ。行こうぜ」

茶色の髪をした背の高い男の人は、知美の手を引こうとする。けれど、彼女はその手をぱしっと振りはらった。

「あんたとの話だって、いつでもできる。今日はここでさよなら」

「は？　なに言ってんだよ」

「うるさい。さっさと帰りなさい！」

知美の迫力に圧倒され、男の人は文句を言いながらも帰っていく。

「さて、邪魔者はいなくなった。どっか入ろう」

「いいの？　デートだったんじゃないの？」

「いいのいいの。デートなんていつでもできるから」

うらやましいセリフ。自慢かよ。

「で、なにがあったの？」

じっと私を見つめる知美の目に、揶揄（やゆ）するような雰囲気はなかった。

「……私も今日、デートだったんだ」

「わお。なのに、どうしてこんな時間にひとりでいるの？」

「相手の人、途中で私を置き去りにして行っちゃった」

「は？」

知美の顔が恐ろしい般若のような顔に変わっていく。

「私の前に好きだった人に、会いに行っちゃった……」

言葉に出すと、ぽろりと涙がこぼれた。

一成は私より、理沙さんを選んだんじゃないだろうか……。

「なにそれ、けしからん！　ちょっと詳しく聞かせなさい！」

知美は泣きだした私を、よしよしとなだめながら、知っている店に連れていってくれた。彼女がこんなに優しいのは、知り合ってから初めてのことだった。

「デート中に、いきなり相手の父親の病室に連れてかれて、病院で置き去りにされたってこと？　マジなの？」

知美は美人に似合わない中ジョッキを持ったまま、こちらをにらむ。

「で、彼氏はお兄さんの婚約者のことが好きだった。別れたと知って、即その女のところに行ってしまったと」

　こくりとうなずくと、彼女は大きく首をかしげた。

「意味がわからない」

「ですよね〜……」

「ああ、ごめん。話の意味がわからないってことじゃなくて、彼の行動の意味がわからないってこと」

　言いながら、知美は焼鳥の乗った皿をこちらに勧めてくれた。

　彼女に連れられて来たのは、目の前で焼鳥を焼いてくれる店で、炭の香りともくもく出る煙で余計に涙が出そう。彼女が知っている店だというから、もっとオシャレなところかと思っていたのに、まわりは酔っぱらいのおじさんたちで溢れている。

「知美ちゃん、今日も綺麗だね〜。はい、サービス」

「わあ、ありがとう、店長」

　語尾にハートマークをつけ、頭にタオルを巻いた愛想のいい店長に微笑む知美。目の前には、頼んでいない焼鳥の盛り合わせが。

「あの人、気前がいいのよ。だからよく来るの。さ、食べなさい」

　こそっと耳打ちした知美は、いつもの悪魔だった。

「相手の女に会いに行ったのは間違いないけど、連絡するって言ってたんでしょ。それを待つしかないんじゃない？」

「だよねえ……」

知美と同じように焼鳥を頬張る。それはスーパーで買うものとは全然違って、香ばしい。

「でも、腹立つわ〜、その男。姫香が大事なら、昔好きだった人のことなんて放っておけばいいのよ。しかも兄のお手つきなんて気持ち悪い。ああ嫌だ」

そう言いながら、豪快に焼鳥を串から直接食べてビールを飲む知美。私もちまちま焼鳥を箸で串から外すのが面倒くさくなってきて、真似をする。

いいの。本来焼鳥はこうして食べるものなのよ。たぶん。

「私、ふられるのかなあ」

「いいじゃない。そんな面倒くさい男、いらないわよ。次に行きなさい、次に」

面倒くさいって……その男、もともとあなたも好きだった人ですよ。なんて言えないけど。

「でもさ、姫香とこういう話ができて嬉しいよ。不謹慎だけどさ」

「え？」

「あんた、私のこと嫌いでしょ」

ぎくりとした。まさか、気づかれているなんて思いもしなかった。知美がこっちの気持ちを想像するはずなんてないと、思い込んでいたから。

「大丈夫よ。私も、あんたのこと嫌いだったもの。いつも私のこと、うらやましいな、目障りだなーって、じとっとした上目遣いで見ててさ。すごく鬱陶しかった」

本当のことを、きっぱりと言っちゃったな……じゃなくて、知美はなにも気づかないようなふりして、私のことを見ていたんだ……。

「やっぱり、恋の力は偉大ね。姫香、表情が明るくなったもの。こんなことでうじうじしてたらもったいないよ。次の相手、紹介しようか？」

知美はひとりで勝手にうなずきながら、食べ終わった焼鳥の串を人に向けてくる。そんなもので人を指すなっつうの。しかも、ちょっと褒めてくれているのはわかるけど、なんとも的外れなアドバイスをくれるし。

「いい」

私だって幸せになりたいとは思っていたけど、誰でもいいから彼氏が欲しいとは思っていなかった。今だってそれは変わらない。

知美が言うように私の表情を変えてくれたのは、きっと一成だから。彼の言葉が、指が、モノトーンだった私の日常に色をつけてくれたんだ。

「そう。よっぽどその男が好きなのね。で、そいつの名前は？」

「はっ？」

「どんな会社に勤めてる、何歳の人？」

突然の質問攻めに絶句してしまう。すると、知美はにやりと笑った。

「やっぱり。言えないってことは、社内の人間だ」

しまった！　適当に答えるべきだったのに隠そうとするから、怪しまれることに。

「いや、違うから。あ、話聞いてくれてありがとう」

店長にお会計を頼み、半額分を差しだす。すると、その手首を握られてしまった。

「なに勝手に帰ろうとしてんの？　帰す気ないんだけど」

もしかして知美さん、酔っぱらっていらっしゃいます？　イケメンに言われたらきゅんとしそうなセリフを、あんたが言ってどうする。

「落ち着いたら教えるから」

なんて、落ち着いたって白状する気はさらさらないけど。

「ダメ。今日じゃないと」

「ええ～。もう帰ろうよ～」

スマホを見たら、いつの間にやら午後九時。深夜というわけではないけど、そろそろ母に電話しないと心配するし。

「そうね。その変な彼氏から連絡が来るかもしれないし」

知美は意外にあっさりそう言って、残りの半分を出して会計を済ませる。

そして店を出てから、また悪魔のような顔でにやりと笑った。

「朝まで連絡が来なかったら、相手の女とヤッてしまったと思って諦めなさいよ」

なっ……！　こいつ、残酷なほど美しい顔でなにを言うか！

「ひどいっ」

「おほほほほ。相手の名前を教えない罰よ。いじめられなさい」

「この、悪魔～！」

そうして、私は駅までの道を知美にいじめられながら歩くことになってしまったのだった。

魔法を解かないで

知美の厳しい追及から逃れ、自宅でひと息。

めまぐるしい一日だった……。

何度もスマホを見るけど、一成からの連絡はない。仕方なくお風呂に入って、スキンケアをして、眠れなくてもとりあえずベッドに入ろうかなと思っていたとき。

——ブーッ、ブーッ。

スマホが振動しながら鳴って、驚きで飛び上がりそうになった。ディスプレイには一成の名前が表示されている。一気に緊張して汗ばむ指で、画面をスワイプした。

「はい、白鳥です……」

名乗ると、一拍遅れて低い声が聞こえてくる。

『俺だけど』

ごくりと唾を飲み込む。すると、それを待っていたように一成が話しだした。

『さっきはごめん。話があるんだ。今から会えないか』

「今から？」

時計を見ると、すでに午後十一時を回ろうとしている。今から着替えてメイクをし直して……だと、かなり遅くなってしまう。でも、会いたい。

「今どこにいるんですか？」

終電って何時だっけ？

部屋の中で立ち上がり、壁かけ時計を見ると、ごほん、という咳払いの音がスマホの向こうから聞こえてきた。

『……お前の家の近く』

「近く？」

『というか……家の前』

……嘘でしょ、と思いながら、体はすぐさま窓際に駆け寄っていた。

重いカーテンをかき分け、窓を開ける。真下に見えるうちの玄関の前に、門灯に照らされた人影が。こちらを見上げるその人は、片手にスマホを持っている。

「どうして……」

話なら、電話でもよかったはず。なのに、どうしてうちまで来てくれたの。

そのまま声を失ってしまうと、こっちを見上げた一成が、眉を下げて笑った。暗くてよく見えなかったけど、そんな気がした。

『はは。ちょんまげだ』

「えっ」

耳元で聞こえた声に、思わず頭に手をやる。そういえば、さっき前髪が邪魔でくくってしまったような……しかも、百円ショップで昔買った、子供っぽいピンクのポンポンがついたゴムで。

思わず窓際から離れると、耳元から一成の優しい声がした。

『下りてきてくれないか』

「ちょ、ちょっと待ってください。髪の毛、直して……」

『そのままでいい』

彼の声から、笑うような響きが消えた。

『一秒でも早く、お前に会いたい』

胸の奥を、ぎゅっとつかまれたような痛みを感じた。そんなことを言われたら、『待って』なんて言えない。

首のところが少したるんでしまったTシャツと、スウェットパンツで駆けだす。階段を踏み外しそうになりながらもなんとか耐えて、母の庭用サンダルをつっかけて玄関のドアを開けた。本当に出てきた私に驚いたのか、一成はスマホを耳に当てたまま、目を丸くする。

「……なによ」

後ろ手で静かにドアを閉め、彼をにらんだ。幸い、両親はすでに爆睡していたみたい。起きてくるような気配はなかった。

「いや……かわいいなと思って」

咳払いをする一成。この人、絶対笑いを堪えている。こんな格好でかわいいわけがない。

「バカにしないでください！」

あなたが『会いたい』なんて言うからのこのこ出てきた私が、バカみたいじゃない。

「私、怒っているんですよ。あんなところに置き去りにして、こんな時間までなんの連絡もよこさないで……！」

いったい私がどんな気持ちだったか、あなたには想像もつかないの？

唇が震えた。堪えきれない涙が落ちないように空を見上げた瞬間。

「ごめん。不安にさせて」

一成が踏みだし、私をぎゅっと腕の中に閉じ込めた。

「俺が今かわいいと思うのは、お前だけだ」

な気がした。


「いっせ……」

ここ、うちの玄関前なんですけど！

「ちょんまげでも、部屋着でも、お前が一番かわいい」

恥ずかしくて抵抗する私の両腕を捕まえ、一成は強引にキスをした。そうされると、家族やご近所に見られたらどうしようなんていう気持ちはどこかに吹っ飛んでしまう。

こうして会いに来てくれた。それだけで、ひどい仕打ちもすべて許せてしまえそうな気がした。


結局、一成が車を停めた近くの公園に移動することに。私は鍵とスマホと財布だけを持ち、念のため母に書き置きをして家を出た。公園まで歩く五分ほどの間に、副社長に聞いたことを一成に話す。

「なるほど。そこまで聞いてるなら話は早い。兄貴にしては珍しく、嘘や誇張がないようだ」

公園に着いた私たちは、街灯の近くにあるブランコにひとりずつ腰かける。

「母の話はともかく、お前が気になってるのは理沙のことだよな」

こくりとうなずくと、一成は病院で私と別れてからのことを語りだした。

＊＊＊

俺は病院を出てすぐ、理沙に連絡をした。休日だからか、彼女はすぐに捕まった。

『理沙、兄貴に聞いた。いったいどういうことだ』

『ああ……もうバレたの。せめて、お父さんが元気になるまでは黙っててって言ったのに』

向こうから聞こえてきたのは、落胆したような、それでいてどこかホッとしたような微妙な響きの理沙の声だった。

『今から会えないか』

『なに？　電話じゃダメかな』

『できれば会って話がしたい』

なにより、兄貴と理沙が別れた本当の理由を、彼女の口から聞きたかった。兄貴を問いつめたって、自分の都合のいいように言うに決まっているから。

『わかった。じゃあ一時間後に――』

彼女が指定したのは、家族ぐるみの食事会で何度か使ったことのある中華料理店だった。

ふう、と車の中で息をつく。ふとダッシュボードに無造作に置いたままだった、ブランドのパーティーの招待状が目に入った。

そういえば、姫香……。あんなところに置いてくるなんて、我ながらひどいことをしてしまったものだ。けれど、こんなにイライラしている自分に付き合わせたくはなかった。

コンビニで缶コーヒーを買い、車の中で時間をつぶす。昼間に公園で飲んだのと同じ銘柄のコーヒーなのに、ひとりきりで飲むそれは酸味が強く、ただ苦いだけの別の飲み物に思えた。


指定された店にやや早く着くと、すでに彼女は先に座って待っていた。少し前まで想いを寄せていた女性、理沙だ。

彼女は姫香よりも短めの、あごと同じ高さで切りそろえた黒髪を揺らし、こちらに微笑んだ。

『久しぶり。元気だった?』

その顔に暗さはなかった。けれど、やはりどこか哀愁を感じる。

『いったいなにがあって、こうなったんだ』

『嫌ねえ、まずは食事を注文しましょうよ』

理沙はおっとりと言うと、こちらにメニューを見せてきた。

適当に料理を注文し、早速本題へ。

『兄貴がなにかやらかしたのか』

『本人に理由は聞かないの？』

『あいつが素直に本当のことなんて話すものか』

そう言うと理沙は、あはは、と少し笑った。

『確かにねえ。あの人、なに考えてるかわからないものね。真意を他人には見せないっていうか。信用できないよね』

初夏らしい爽やかなネイルが施された指で、水の入ったコップをもてあそぶ。そんな彼女の言葉に、兄貴との別れの理由がそのまま表れているような気がした。

『ますます信用をなくすようなことをしたか』

追及すると、理沙はふるふると首を横に振る。

『ううん。違うの。なにもなかったわ』

『じゃあ、どうして』

『なにも……なかったからよ』

理沙が言葉を切った瞬間、店員が料理を運んできた。けれど、その料理に彼女は手をつけようとはしない。俺も、なにも食べる気になれなかった。

『私たち、ずっと友達みたいな関係だったじゃない？　けど彼が私と付き合いたいと言ってくれて、私も彼を好きになってしまったからOKした』

『それは知ってるよ』

俺が知らないところでふたりがそういう関係になっていて、とてもショックを受けたのは、つい何ヵ月か前のことだ。

『私は、まず恋人関係が始まるんだと思ってたの。三十歳手前なのにって笑う？　でも私は、これから彼と恋愛をするんだって楽しみにしてたのよ。それがいつの間にか、婚約の話になってしまってた』

もちろん、理沙のことを笑おうなんていう気にはなれなかった。俺だって、姫香という人を見つけたけれど、いきなり結婚しようとは思えない。もっとお互いのことを知ってから、そういう段階に進めれば、と思う。年齢は関係ない。

『好きだったから、最終的には自分でその婚約に乗ったの。けど、そばにいて思った。この人は、私のことを本当は好きじゃなかったんだって』

『……なんだそれは』

『ひどいのよ、あの人。婚約した途端、どこにも遊びに連れてってくれなくなった。食事さえも一緒にしてくれない。ベッドにふたりで入る回数も激減よ』

怒った表情をして、理沙はおもむろに箸を取った。エビチリを食べだす彼女を見て、とても気の毒になる。

あいつはいつもそうだ。俺の欲しいものを欲しがって、無理やり奪っていっては、すぐにポイ捨てする。

理沙は俺の気持ちを知らないはずだが、兄貴は気づいていたはずだ。腹の底から怒りが湧いてくる。

兄貴より先に俺が理沙に告白していたなら、彼女を悲しませることはなかったかもしれない。けれど俺は結局、幼なじみの関係を壊したくなくて、それができなかった。

『結局彼は、私を物としてしか見てなかったのよね。話もろくにしないのに、お父さんのお見舞いだけは毎日行ってくれって言うのよ。あれ、自分がお父さんによく思われたいだけなのよ』

ヤケ気味にエビチリを口に突っ込む理沙は、目に涙を溜めていた。水を差しだすと、ごくごくと料理と一緒に飲み干す。

『あの野郎……いい殺し屋を探しておく』

『ううん、お仕置きくらいで結構よ』

次の料理に手を出す理沙が痛々しくて、見ていられない。

あのクソ兄貴。こんなに理沙を傷つけるなんて……それでも人間か。

ただただ申し訳なくて、気づけばこんなことを口にしていた。

『なにか、俺にできることはないか』

すると理沙は箸を止め、こちらを見つめた。

『……一成は私のこと、好き?』

彼らが婚約をしたときから、こんなふうになるのでは、と恐れていた。もしそうなったら、そのときこそ自分の気持ちを打ち明けて、俺のほうに来てもらおう。そう思っていたのに、どうしてか今はまったくそんな気持ちは湧いてこない。

彼女のことは相変わらず大切だけど、女性としてそばにいてほしいとは思わない。

ふわりと脳裏に浮かんだのは、公園の芝生でのほほんと笑う姫香の姿だった。

『いや、大事だけど、好きじゃない。好きな女性は他にいる』

自分でも驚くくらい、すっと言葉が出てきた。理沙はそれを聞いて微笑する。

『じゃあ、あなたにできることはなにもないわ。私は誰かに本気で愛されたい。そんな人が現れるまで、気長に待つことにする』

『理沙……』

『もういいかな。残りはあなたが食べて。そして、恋人と仲よくね。友人として、たまには連絡をちょうだい』

彼女は伝票を持ち、席を立とうとする。その腕を、俺はとっさにつかんでいた。

『待て、送るよ。もちろん、友人として』

立ち上がると、理沙はにこりと笑った。

『ありがとう』

そうして彼女を自宅まで送り届けたあと、無性に姫香に会いたいと思った。

時刻はもう午後十一時に迫っている。急げ。彼女が眠りに就いてしまう前に。

＊　＊　＊

「……というわけだ」

話し終えた一成は、なんだかすっきりしたような顔をしていた。

「それだけ？」

一成がどうしてそれほど理沙さんに会いたかったのか、さっぱりわからない。結局、別れの理由を聞いただけじゃない。

「それだけなんだ。とにかく、理沙から真実を聞きたかった」

「私はてっきり、副社長と別れた理沙さんを慰め、口説きに行ったものだと」

じっと見つめると、彼は眉を下げた。

「正直、俺も会ったらどうなるかわからないと、少しだけ思っていた。会えば、やっぱり好きだと思うかもしれないと。告白もできなかった未消化の想いだったから」

正直すぎる発言に、大ショック。口を開けて固まってしまうと、一成が手を伸ばし、私の頭の上のちょんまげをもてあそぶ。

「でも、会って気づいた。俺をあのとき突き動かしたのは兄貴への怒りと、理沙への親愛の情だったんだと。姫だって、友達が誰かに傷つけられたと知ったら、放っておけないだろう?」

……確かに、友達が悲しんでいたら、なんとかしてあげたいと思うかも。

「結果的に、俺はなにもできなかった。心の底から理沙を愛していれば、彼女の傷を癒すことはできたかもしれない。けど、俺はそうは思っていない」

ちょんまげから離れた手が、私の頬を包む。彼は私がうつむいている間にいつの間にか立ち上がっていて、私の前に来ていた。

「初対面のとき、亡くした母に似てると思ったのは事実だけど。俺は、ひとりだと油断してちょんまげを結ってしまう白鳥姫香が好きだ」

目の中を覗き込まれて、言葉を失う。笑っちゃいそうなセリフなのに、心臓が高鳴ってうまく笑えなかった。

「安心しろ。お前に母を投影することはないし、過去はもう綺麗に消化した」

「本当？」

「ああ。ごめん、嫌な思いをさせて」

一成はこつんと、私のむきだしのおでこに自分の額を寄せる。

「……しょうがないですね」

本当のところは見ていないからわからないけど、今日のところは一成を信じることにしてあげよう。だって、まだ理沙さんに気持ちがあるなら、夜中に会いに来てくれないでしょう？

いつも一緒に仕事をしているから、少しはあなたのことをわかっているつもりだよ。曲がったことが嫌いなあなたは、きっと中途半端なことはしない。

ねえ、そう信じていいでしょう……？

「許してくれるか」

「はい」

「すまん」

　こうして私たちは仲直りをした。

　いつか、お父さんが元気になって退院して、心配がなくなったら旅行に行こう。そんな話をして、夜は更けていった。


「明日から出張……ですか？」

　連休が明けてすぐ、営業部に部長出張の知らせが舞い込んできた。一成がいるからこのすりガラスルームで安心して仕事ができていたけど、いないとなると、途端に不安になってしまう。

　実はこの部屋のすりガラスは、ボタンひとつで透明ガラスに変化するハイテクガラス。一成が自分の仕事に集中したいときはすりガラスに、部署の様子を確認したいときは透明にするために作られたものだそうだけど、彼がいないときは透明にするように言われてしまった。となると、今まで気にしないで済んでいた女性社員の視線が気になってしまう。

知美とは少しずつ和解できているような気がするけど、他の女性社員たちはきっと、まだ私のことをよく思っていないだろうから。でも彼女たちだって仕事中は私のことなんてかまっている暇がない……と信じよう。

「俺がいないところで、お前らがサボるといけないからな」

「そんなことしませんよ」

「まわりはそう思わないかもしれない」

一成は急に決まった出張にぶつぶつ言いながら、その準備をしていた。どうやら、地方にできる予定の大きな商業施設に出店の交渉に行くらしい。他のメーカーが出店する予定だったのに、土壇場でキャンセルになり、空きができたのだとか。

「たったの二日だ。三日後には戻ってくる。それまでよろしくな」

桑名さんはいつもと変わらない表情で、「はーい」と間延びした返事をした。まあ、一成がいないうちは課長が部署を取り仕切るわけで、私たちはいつものように仕事をするだけだけど。

「心細いなあ……」

最初は無愛想な一成がいるだけで緊張していたけど、今では黙って見守ってくれているのだとわかるから、仕事終わりに、ぼそりと呟いてしまった。すると一成が座ったまま言う。

「大丈夫だろ。そうだ、お前に頼みたいことがある」

「なんですか?」

「二日間、親父の見舞いに行ってくれないか。汚れた服を洗濯してこいとか、そんなことを言うつもりはない。ただ、顔を見てきてくれればいいから」

連休中も何度か顔を見に行った一成のお父さんは、少しずつ興奮することが減って、穏やかに入院生活を送れるようになってきている。

一成が言うには、やはりお母さんを亡くして寂しい気持ちが強く、不安になってしまうのではないかということだった。

「はい。いいですよ」

確か、あの病院の家族以外の面会時間は午後八時まで。会社を出てから行っても、六時には着く。面会の時間は充分ある。

「ありがとう。なにか土産を買ってくるよ」

「おいしいものがいいです」

「了解」

きっと、自分が留守の間にお父さんになにかあったら、と不安に思うんだろう。専務や副社長のことは嫌っているし、親戚と特に仲がいいってわけでもなさそう。私が様子を見に行くことで安心できるなら、それでいい。

快諾すると、一成はホッとしたような顔で微笑んだ。

翌日は、一成がいなくてもトラブルなく一日を終えることができた。しかし、仕事の量は変わらない。

「こんな日に限って〜！」

終業間際にかかってきた電話の処理で、いつもより退社が遅れてしまった。急いで病院に駆け込むと、まだ午後七時。間に合った。

社長は消化器が悪いので、下手な食べ物を差し入れるわけにもいかない。本当に手ぶらで病室の引き戸をノックする。

「こんばんは〜、って、わあ！」

戸を開けて、びっくりした。つい先日まで絶食状態、鼻から栄養を入れてもらっていた社長が、もぐもぐとおかゆを食べていた。

「おお、お嬢さん」

「社長、お食事できるようになったんですか⁉」

「ああ。でもやはり、完食は無理そうだ」

そう言い、社長はスプーンを置いた。テーブルの上に置かれたトレイの上には、おかゆの椀と豆腐のおかずの皿が置かれていた。両方とも、半分ほどしか食べていない。

「でもすごいですよ。これだけ食べられただけでも、たいしたものです」

一緒に置かれていたお茶が入ったコップを渡すと、社長は微笑んだ。

「ありがとう」

コップの蓋につけられたストローでお茶をひと口飲むと、社長は首元につけていたタオルを外した。

「今日は、い……部長は、出張なんです」

「ほう」

「なので、今日は私だけで我慢してくださいね」

ベッド脇にある椅子に腰かけると、社長は笑った。

「我慢だなんてとんでもない。きみが来てくれると嬉しいよ」

「本当ですか？」

「ああ。亡くなった妻に会えるような気がしてね。死んだ人間に似ているなんて言ったら、気分が悪いかな」

「いいえ、そんなことありません」

首を横に振ると、引き戸がノックされた。

「どうぞ」

社長が返事をすると、戸が開いてふたりの男の人が入ってきた。

「社長、お体の具合はどうですか。……ん、きみは？」

げっ。一成が嫌いな専務と、その息子。ＣＭ企画で落ちたほうの、開発部の白衣の社員だ。

ふたりして眉の間にシワを寄せて、私をにらんでいる。まるで『どうしてお前のような平社員がここにいるんだ』と言っているみたい。

「彼女は私の友人だ。彼女のおかげで、最近とても気分がいい」

社長が庇ってくれたので、下手な説明はしなくて済んだ。

「お食事を召し上がられたのですか。快方に向かっておられる」

専務は私を無視し、社長に話しかける。

「まだ、しばらくはかかりそうだがね」

社長の言葉に、胸が締めつけられる。点滴をされたままの腕が痛々しい。

「その件なのですが……きみ、ちょっと席を外してくれないかな」

どうやら、平社員には聞かせたくない話があるみたい。

「じゃあ……」

腰を浮かせると、社長が手を伸ばしてそれを制そうとする。

「せっかく来てくれたのに」

残念そうな顔をする社長。

「でも、大事なお話があるんじゃないでしょうか」

私だってもう少しゆっくりしていきたいけど、専務たちが醸す〝帰れオーラ〟がすごすぎて……。

「じゃあ私、面会時間ぎりぎりまで待ってます。お話が終わったら呼んでください」

反対に〝まだ帰ってほしくないオーラ〟を出す社長にそう言うと、彼はうなずいた。

専務たちにも会釈をして病室を出ると、戸が閉まる直前でこんな声が聞こえた。

「次期社長の件ですが……」

次期社長？　現社長がここにいるのに？

その続きが非常に気になるけど、立ち聞きはよくないよね。

静かに戸を閉めると、休憩スペースへと向かう。夜の病棟は人が少なく、不気味なほど静かだった。

結局そのあと、専務たちはずっと中から出てこなかった。

帰るにしても挨拶だけはしていこうと病室の前に行くと、ナースステーションからやってきた看護師とはち合った。

「申し訳ありません。もう面会時間は終わりですので」

そう言われて立ち止まると、看護師は病室の中に入っていく。同じことを言われた専務たちが、そろって渋い顔で出てきた。すれ違う瞬間、じろりとにらまれた気がするけど、このまま知らん顔で帰ることはできない。

「あの、社長。また来ますね。おやすみなさい」

「ああ、すまなかったね」

病室の入口から挨拶をすると、社長は寂しそうに手を振った。その顔色が、来たときよりも少し悪くなっているような気がして、心配になる。

長い時間起きて話をしたから、疲れたのかな。それとも、なにか悪い話を聞かされたのか……。

病室の前で考え事をして立っていたら、看護師ににらまれた。いけない、いけない。

慌てて小走りでエレベーターホールへ向かう。そこにはすでに、専務たちの姿はなかった。


二日後の朝。

今日は一成が出張から帰ってきて、出社する日。出張中も短いメールのやり取りはしていたけど、やっぱり直接会えることが嬉しい。

部屋のガラスをすりガラス仕様に戻し、その中でみんなのデスクを水拭きする。

「……びっくりした。早いな」

いきなりドアが開いた音に驚いて振り返ると、一成が立っていた。時計を見ると、まだ始業一時間前。

「なんだか落ち着かなくて」

「そんなに早く俺に会いたかったか」

「な、なに似合わないこと言ってるんですか」

一成ってクールに見えて、たまに冗談なのかなんなのかわからないことを言うよね。

私は『実はそうなんです、早くあなたに会いたかったんです』なんて言えるキャラじゃない。たとえ、本心はそうだったとしても。

背を向けてふきんを片づけようとしたとき、急に動きを拘束された。肩や腰に一成の腕が伸びて、私を捕まえている。

「ちょ、ちょっと！」

「なんだ」

「桑名さんが来たらどうするんですか！」

「あいつは来ない。この二年、始業十分以前に来たためしがない」

そういえば、いつもぎりぎりだけど……他の社員は徐々にやってくるかもしれないじゃん。すりガラスでも、ぼんやり人影は見えるから、こんなことをしていたらすぐバレるよ。

「離してください」

「会いたかったと言え」

こっ、この人は耳元でなにを言っているのか……！

「もう！」

怒って手の甲をつねると、一成は小さく笑って体を離した。

「さて、二日間の報告を聞こうか」

椅子に座り、パソコンを起ち上げるのは、いつもの冷静な日下部長だった。

始業時間になると、二日ぶりの朝礼が行われた。私と桑名さんはすりガラスルームの壁に沿って立つ。

「二日間の留守の間、大きなトラブルはなかったようで、ホッとしています。こちらのほうも、交渉は無事に終わりました。半年後には新店をオープンする予定です」

淡々と出張の成果を報告する一成。いつものように愛想のない彼とは逆に、他の社員たちは、一成が上げてきた成果に感嘆の声を漏らした。

お父さんのことも心配だろうに、仕事はちゃんとやってのけるんだもん。やっぱり日下部長はすごいや。

朝礼が終わってすりガラスルームに戻る。早速鳴り始める電話を取っては応対し、切ってはまた取って応対しを繰り返す。そんな電話も少し途切れて、データ入力をしようとした瞬間、また電話が鳴った。いつもと違う呼びだし音にディスプレイを見ると、そこには内線の番号が。

「はい。営業部白鳥です」

出るなり、相手は名乗りもせずにいきなり話しだす。

『一成に代わって』

この声……一成に似ているけど、彼より少し低い声の主は副社長だ。

「かしこまりました。少々お待ちくださいませ」

保留ボタンを押し、たった今、お客様との通話を終えて受話器を置いたばかりの一成のデスク上の電話に繋ぐ。

「部長、副社長からです」

「ああ?」

思いきり嫌そうな顔をした一成は、しぶしぶといったふうに受話器を取った。

「なんの用だ」

低ーい声で応対する一成に、見ているこちらがはらはらする。マイペースな桑名さんは我関せずでキーボードを叩き続けていた。しかし。

「はあ? どうしてそんなことに?」

突然一成が声を荒らげたので、さすがの桑名さんも手を止め、丸くした目で一成のほうを見る。

いったいなにがあったんだろう……。とっても知りたいけど、そんなことはおかまいなしに、自分のデスクの電話が鳴る。

「はい。営業部白鳥です」

『あ、白鳥さん? こちら、週刊ドリル編集部の森高と申しますが』

「はい？」

聞き覚えのない取引先……じゃない！　どうして週刊誌の編集部からうちの営業部に電話が？

「あのう、おかけ間違いではありませんか？　こちらは――」

改めて会社名と部署を名乗ると、『ははは』と笑われた。

『いやいや、間違ってないですよ。その様子だと、まだなにも知らないようですね』

そう話す声には、まるでこちらをバカにするような響きが含まれている気がして、少し不快な気分になった。そのとき。

「もしもし」

私が持っていた受話器を、横から奪い取られた。呆気に取られてそちらを見ると、一成が私の受話器に向かって話していた。

「営業部長の日下ですが、どちら様でしょうか。……そうですか。申し訳ありませんが、そうした電話はすべて広報のほうへお願いします」

彼は早口で言うと、受話器を乱暴に置いた。その瞬間、次の電話が鳴る。

「はい」

私が取る前に、一成がそれを再び奪い取る。

「ですから、広報へかけてください。今度同じことをしたら、営業妨害で訴えます」

彼が話し終える前に、今度は桑名さんの電話が鳴る。

「はい、営業部……はい？　あー、すみません、こちらは営業部なんで。関係のない電話はやめてもらえますかね」

桑名さんが電話を切ると、途端に静まり返った。

「どこからだ」

「なんとかっていうワイドショーでしたけど、わけわかんなかったんで切りました」

「それでいい」

一成はそう言うと、チッと舌打ちした。

「……単刀直入に言おう。社内の誰かが、例のＣＭのシンデレラの情報をネットやマスコミに流したらしい。今、副社長から連絡があった」

「えっ！」

例のＣＭのシンデレラって、私のことじゃない。そういえばこの前、一成と待ち合わせた駅前でも、記者と名乗る人に話しかけられたっけ。

「そして、白鳥のプライベートに関わる記事を好き勝手に書いた週刊誌である『週刊ドリル』が今日発売された」

悔しげに歪んだ一成の表情を見ていると、背筋が寒くなってくる。

『週刊ドリル』って、さっきの電話の相手だ。嘘でしょ。正体だけじゃなく、プライベートまで……。

「社内の人間は、白鳥さんの情報を外部に漏らすことは禁止でしたよね」

桑名さんが言うと、一成は立ったままうなずく。

「ＣＭや動画で顔が出ている以上、彼女の知り合いや身内から情報が流れてしまうという可能性もあった。けれど、今回は会社名だけでなく、元は人事部だったことから、営業部に異動したこと、この部署の内部の造りや一般には知らされていない電話番号まで、詳細な情報が流されている」

「なるほど。探偵や記者が調べただけじゃ、社内の構造まではわからないでしょうね」

どうやら、この会社のシンデレラガールは、営業部の部長とその補佐の事務員だけがいるガラスの密室で保護されている——そのように書かれているらしい。

社内の人間……いったい誰がそんなことを……。

「こんなことをしたとバレたら、処分されるのはわかっているはずなのに。アホな若手か、最近退職した者、あるいは退職予定の者の仕業か……」

桑名さんが首をかしげる。

社内の秘密を外部に漏らすことは、社員規定に違反する。バレたら解雇されても文句は言えないのに、どうしてこんなことをするのか。お金のためといっても、こんな素人のプライベートに、いったいいくらの値がつくというのだろう。

「……あるいは、誰も文句が言えない立場の人間か」

「部長？」

「いや、なんでもない」

一成がぼそりとこぼした言葉を、桑名さんは聞き逃したようだけど、私には聞こえてしまった。

誰も文句が言えない立場の人間……。それは、この会社で立場が一番上の人間。つまり、社長が病に伏している今、それは副社長ということになる。

「まさか」

副社長がそんなことをして、なんのメリットがあるというの？

「それに、プライベートな記事って、いったいどんな……」

「それはここでは話せない。桑名、ここを頼む。俺たちは副社長に呼ばれたから、ちょっと出てくる」

「えっ」

桑名さんが了承する前に、一成は私を手招きしてすりガラスルームのドアを開けた。

「副社長室に行ってくる。仕事に関係のない電話は、一切取り次がないように。しつこいようだったら、訴えると言ってやれ」

営業部中に響き渡る声で言うと、一成は大きな歩幅でずんずんと歩いていく。慌ててそのあとについていくと、自分のデスクに座っている知美と目が合った。彼女はとても心配そうな表情を、その美しい顔に浮かべていた。


「いったいどういうことだ」

デスクがひとつだけの広い副社長室に入るなり、一成が怒鳴るように言った。

「こういうことだよ」

副社長は声を荒らげることなく、一冊の雑誌をデスクの上に置いた。近づいた一成はそれを手に取り、目を通す。そして、私に渡してきた。

「なにこれ……っ」

【シンデレラの正体とその目的は?】という見出しの下には、黒い線で目を隠された私と一成の写真が。隠し撮りされたと思われるそれは、公園でのんびりしている私たちを写していた。そして次のページには、病院の帰りに副社長の車に乗る私の姿が。

「あのとき追いはらったと思った記者が、ついてきてたのか」

舌打ちをし、眉をひそめる一成。

【ＣＭに出演していたシンデレラは、同メーカーの御曹司である上司と恋人関係にあり――】

元は人事部にいたＳ、つまり白鳥という名字の私は、御曹司に取り入り、営業部に異動し、すりガラスルームの中で仕事もせず、遊んでいる。冒頭からそんなふうに書かれていて、その先を読むのが嫌になる。けど、知らないわけにはいかない。

【恋人の兄である副社長とも、親しい関係であるようだ。ふたりは父である社長のお見舞いに総合病院を訪れ、一緒に帰り――】

まるで、副社長と連れ立って社長のお見舞いに行ったような書き方をされている。

【シンデレラの目的は、どちらかの御曹司と結婚することなのだろうか。それとも、社長の財産なのだろうか。どっちにしても、こんなにたくましいシンデレラは見たことがない】

そんなふうに締めくくられていて、怒りが爆発した。

「これじゃ、私が二股かけてるみたいじゃないですか！　それ以外も、嘘ばっかり！」

私は営業部に異動させてくださいなんて頼んだ覚えもないし、社長の財産目当てでふたりをたぶらかした覚えもない。どうしたらこんなでたらめを並べられるのか。

「どうしてこんな記事を黙って出させたんだ。出る前に、会社にひとこと報告があるものじゃないのか」

一成が副社長を問いつめる。そう言われれば、芸能人のゴシップ記事なんかは意外に、発売前に『こんな記事を出しますよ』と出版社から所属事務所に報告があるとか聞いたことがある。

「ああ。商品の宣伝になると思って、俺が許可した」

あっさり認めた副社長に、声を失う。この、人でなし！

「なにを言ってる。こんな記事が出たら、シンデレラマジックのイメージが下がるだけだろう」

「そうか？　『こんな普通の女の子が、華麗に変身して御曹司ふたりもゲットしたんだ～』と思えば、一般の女性たちも夢が広がるだろ。とにかく、商品の知名度が上がることは間違いない」

「売り上げさえ上がれば、なにをしてもいいのか！」

とうとう大きな声で怒鳴った一成が、副社長のデスクをバンと叩いた。まるで背後の大きな窓ガラスが割れてしまいそうなくらい、びりびりと空気が震えた。

「会社ってのは、利益を出してなんぼだろ」

しれっと言った副社長は、ふうっとため息をつく。

「それより大きな問題がある。社長が病に伏しているという情報が、世間に出回ってしまった。ここまで書くとは俺も思っていなかった」

それよりって……私がものすごい悪女みたいに書かれたことは、どうでもいいってこと？

ムカムカする胸を押さえて、話の続きを聞く。

「株主が黙ってないだろうな。緊急株主総会を開いて、次期社長を早く決めておかなければならない」

「お前は、近いうちに親父が死ぬと思ってるのか」

一成がつかみかからんばかりの勢いで身を乗りだしたけれど、副社長は静かに首を横に振る。

「俺だって親父の子だよ。そうなってほしくないと思ってる。けど長い間、社長不在のままじゃ、株主も納得しないだろう。彼らが納得するリーダーに会社を任せるときが来た」

「勝手にしろ。俺は関係ない」

会社のことしか考えていない副社長と、これ以上話をしても無駄だと思ったのか、一成はそう吐き捨てた。

「それより、この雑誌を訴えて回収させることはできないのか」

「訴える？　この手の雑誌はそういうことに慣れてる。訴えられることだってしょっちゅうだろう。時間の無駄だ。それに一度許可を出してしまった以上、回収はあちらさんが自ら決定しない限り無理だろうな」

「……くそったれ！」

顔に似合わない言葉を吐き、一成はもう一度デスクに手のひらを叩きつけた。

「そう怒るなよ。彼女の身の振り方なら、もう考えてある」

そりゃあ、このまま営業部にいることは針のムシロだろうけど。っていうか、どこの部署に行っても居場所なんかないんじゃないかな。

じっと副社長を見つめると、彼はニッと小悪魔のような悪い顔で笑った。

「白鳥姫香。今日付けで秘書課に異動を命じる」

「秘書課……？」

「俺の秘書になればいい。ここにひとつ机を置いてやる」

ここって……この副社長室に？　副社長の秘書たちは他にもいて、通常は隣の秘書室にいるはず。その人たちを差し置いて、ここで副社長の隣にくっついて秘書をやれですって？

「そんなの、俺が認めない」

「認めなくたって、それしかないだろう。これは彼女を守るためだ。ここなら彼女を、つらいことから遠ざけることができる」

確かに、ここなら誰かに会うことも滅多にないだろう。だけど、そんなのって。

「嫌です！　私、休職します。ほとぼりが冷めたあと、また日下部長と仕事がしたいです」

やっと新しい仕事にも慣れてきたところなのに。まだまだやり甲斐まで感じる余裕はない。だからこそ、まだ今の仕事を続けたいのに。

「無理だって。他の社員の気が散るから、ダメ。きみはよくても他人の迷惑になる」

副社長の言葉に、頭を金づちで殴られたような衝撃を覚えた。

私が周囲の視線に耐えられても、まわりが私と仕事をしたくないと思ったら……。営業部の業績に影響が出たら、部長である一成にも迷惑をかけてしまう。

「姫、無理に続けることはない。仕事を辞めて、俺のところに来ればいい」

「え……」

一成がこちらを向いた。かと思ったら両肩をつかまれ、顔を覗き込まれた。

「結婚しよう、姫」

は……け、結婚……!?

なにそれ。まだ付き合って間もないのに。そりゃあ、ふたりの愛情マックスなら、そういう展開でもおかしくないだろうけど。

理沙さんの気持ちが、今ならわかる。恋人関係が熟していないのに、結婚なんて。

一成は副社長と違って、私を愛してくれているはず。だけど、こんなふうに、なにかから逃げるように結婚するだなんて。そんなの彼らしくない。

「……一成は……本当に、このタイミングで結婚したいの……?」

理沙さんのことを知っているから、心に疑念ばかりが浮かんでしまう。

「もしかして一成は、私が副社長の秘書になるのが嫌なだけなんじゃない？」

副社長の私物になってしまいそうだから、慌てて取り返そうとしているだけじゃないの？　子供のおもちゃの取り合いと同じように。

そう尋ねると、一成はメガネの奥の目をはっと見開いた。それを見て、一瞬上昇していた胸の熱が冷めていくのを感じた。

ほら……あなたが熱くなっているのは、私が愛しいからじゃない。副社長への対抗心を燃やしているだけ。

「反論できないのか。情けないやつめ」

副社長が横から入ってくると、一成はまるで矢を射るような視線で彼をにらむ。

「なにも、彼女はお前と別れたいなんて言ってないじゃないか。少し頭を冷やせ。こんなふうになってしまった以上、一緒に働くことはできないし、しばらくは記者がつきまとうかもしれないからデートもできない。我慢しかないだろ」

こんなときばかりお兄ちゃんぶった口調の副社長は、腕を組んだまま淡々と話す。

「さ、お前も俺も社会人。そしてここは会社だ。お互い自分の仕事を全うしようじゃないか」

そう言われた一成は、ぎりっと歯を食いしばるような表情を見せた。次の瞬間にはくるりと踵(きびす)を返し、大股で部屋の出入口へと歩いていってしまう。

「一成」

思わず呼び止めてしまうと、彼はドアノブに手をかけたままぴたりと止まった。そして、ゆっくり振り返る。

「待ってろ、姫。絶対にこのままにはしないから」

まっすぐに私の目を見てそう言った彼は、返事を待たずに部屋を出ていった。バタンとドアが閉まる音が、やけに切なく胸に響く。

一成、ごめんなさい。私、あなたに恥をかかせてしまった。でも、今の言葉のほうが、勢いだけのプロポーズよりも嬉しかったよ。

私は芸能人じゃない。そんなにしつこくつきまとわれたりはしないはず。きっとすぐに、元の生活に戻れる日が来るよ。また一緒に仕事ができるはず。

私はしばらく、一成が出ていったドアを見つめていた。

不運は続くもの？

とにかく、その日は帰宅を命じられた。どうやって調べたのか、実家にまで取材の電話がかかってきたらしく、母はなぜか興奮していた。

「うちの姫香が、まるで芸能人みたいじゃない」

その頬は上気し、近年見なかったくらいはつらつとしている。

あのねえ。いくら日常に刺激がなかったからって、娘の不幸を喜ばないでよ。

CMに出たときと同じように、SNSを通して知人から鬱陶しいくらいメッセージが送られてくる。

CMなんて放映される期間はごくわずか。私の場合もそれが終わってからは、誰もなにも言ってこなかったのに。

あーもう、全部チェックするのも面倒くさい。アプリごと消してしまおうか。

電池残量が少なくなったスマホの電源を落とそうとしたら、またピンポンと通知音が鳴った。一成からだ。

【出版社に抗議文を送ったが、反応はない。無視するつもりのようだ】

短いメッセージに、一成の落胆が表れているようだった。

そりゃそうだ。週刊誌が『あの記事は事実とは違いました。ごめんなさい』なんて謝っているの、見たことがない。

なんと返信しようか迷っていると、次のメッセージが届く。

【ほとぼりが冷めるのを待つ他ないかもしれない。その間、兄貴には気をつけろ】

気をつけろって……。まるで副社長が私にセクハラでもしようとしているみたい。いくらなんでも、そんなことはないでしょう。

そう思いながら、【わかりました】と返す。すると、少し間を置き、また返信が。

【会いたい】

たったひとこと。絵文字もスタンプもないそれが胸を締め上げ、ふわりと涙が浮かんでくるのを感じた。

【私も、会いたい】

返信する指が震えた。まだ丸一日も離れていないのに、こんなに会いたいなんて。

だって、いつも会社に行けばあなたに会えると思っていたんだもの。

おかしいね。最初はとっても無愛想で、あなたなんかのどこがいいのか、さっぱりわからなかった。なのに、ほんの出来心であなたを誘ってしまってから、すべてが変わった。

私があんなことをしなければ、一成にとっても不名誉な記事を書かれなくて済んだのに。社長の病気も知られて、会社に迷惑をかけてしまった。

それ以降、彼からの返信はなかった。そっとカーテンを開けて外を見ても、誰も立っていない。それだけで泣けてくる。

暗い部屋の中で、自分がどれだけ一成を好きだったのか、痛いほど感じていた。


翌日。

実家に電話がかかってくるってことは、家の住所まで知られていると思っていいだろう。昔買った伊達メガネとマスクをして、いつもは巻かない髪を巻き、タンスで眠っていたスーツを着て家を出た。

私なりの変装のつもりだけど、こんなことをやる意味はあるのかなと、自分で自分に突っ込みたくなった。もともと芸能人じゃないんだもの。素人の色恋沙汰に、続報なんて誰も望まないだろう。ちょっとネットで噂になったシンデレラの正体を暴いただけで、もう充分なはずだ。

そう思いながらも、遠くから写真を隠し撮りされたトラウマはひと晩じゃ消えない。

怪しい姿で家を出て、いつもの駅に向かう。

人目を避けるように隅っこを歩いていると、信号のある横断歩道に差しかかった。信号は青く光っている。左右を確認してから横断歩道を渡り始めると、前方から白い乗用車が来るのが見えた。その車はまったくスピードを緩めることなく、交差点を直進するのかと思いきや……方向指示器の合図も出さず、いきなりこちらのほうへ左折した。

嘘でしょ！

タイヤがアスファルトに擦りつけられる音があたりに響く。後退しなければと思った私は、足をもつれさせて尻餅をついた。車はパンプスを履いたつま先をかすめ、そのままものすごいスピードで走り去ってしまった。

「な、なんなのよ……」

もう少し私が渡る速度が速かったら、確実に大事故になっていたじゃない。朝から危険な運転しないでよ。頭おかしいんじゃないの。

ぞっとした私は、信号が点滅し始めるまで、そこから動けなかった。

出社してからも、不幸は続いた。

営業部に残してきたものはすべて段ボール箱に入れて桑名さんが運んでくれていたので、私はそのまま副社長室に行けばいいだけだった。しかし、その途中ですれ違う社員のほとんどに後ろ指を差されていることは明白だった。通り過ぎてから、こそこそと私の悪口を言う声が聞こえる。

「勘違いもほどほどにしてほしいわよね」

「営業部の松浦さんのほうがよっぽど……ううん、あの子より綺麗な子なんて、社内に掃いて捨てるほどいるのに」

悲しいのは、一成がまるで〝女を見る目がない男〟扱いをされていること。私がもっと美人だったら、誰も文句は言わなかったのかな。

そんなことを考える自分にがっかりした。少しだけ自分を好きになれてきている気がしていたのに、また元通りの卑屈な私に戻っちゃったみたい。

そしてさらに悪かったのは、副社長室に着いてからだった。

「……なんですか、これ」

副社長の大きくて重厚感のあるデスクの横に、こぢんまりとしたアンティーク調の机のセットが。まるで子供の学習机みたい。

「かわいいだろ？　きみに似合うと思って」

副社長がデスクに肘をつき、そんなことを言う。

にやにや笑わないでよ、鬱陶しい。

脚のところがくるんってなっているこの木の机が似合っている？　私はお人形じゃないっつうの。

「はあ、まあ……かわいいですね」

副社長相手に悪態をつくわけにもいかず、適当に同意しておく。

これが私の新しいデスクか……収納が少ないな。

とりあえずその近くに行ってみるけど、脇に営業部から届いた段ボール箱が置かれているだけで、他にはなにもない。

「あのう……パソコンも電話もないんですか？」

秘書ってどんな仕事をするものなのか詳しくはわかっていないけど、なにもないのに、なにをすれば……。

「ああ、暇つぶしにパソコンは欲しいよな」

「暇つぶし……？」

「そう。きみに仕事はない。特になにもしなくていい」

「は？」

仕事はないって？　どういうこと？

「きみはここでのんびりしてればいい」

副社長がさらにわけのわからないことを言った。真意が読めず、その顔をじっと見つめると、座っていた彼がゆっくりと立ち上がってこちらに近づいてくる。

「基本的に、今いる秘書が仕事は全部やるから。きみはここで、ただ座ってろ」

なにその命令。会社に来て仕事をするな、なんて聞いたことがない。

「どうしてですか。秘書の仕事が無理そうなら、最初から異動なんてさせないでくださいよ」

マスクとメガネを着けて、トイレ掃除でもしていたほうがマシだ。午前九時から午後五時まで、八時間もここでどうやって時間をつぶせというのか。

「言っただろ。きみに今できることは、他の社員の迷惑にならないこと。今きみと仕事をさせられる社員は、嫌でもあの記事のことを考えてしまう」

「それなら、自宅で休職します」

ここで座っているだけなんて、まるっきり給料泥棒じゃない。

「いや、俺の目の届くところにいてほしいんだ。心配だから」

「心配って……」

私はあなたの脳のほうが心配ですが。

「じゃあ聞くけど、ここにパソコンと電話があったら、秘書の仕事ができるとでも言う？」

「それは……！」

「誰かが親切に教えてくれると思ってた？　甘いな。臨時株主総会の準備で、秘書たちにそんな暇はない」

臨時株主総会……そういえば、あの記事のせいで社長の病気が外部に知られてしまった。社長にもしものことがあったときでも混乱してしまわないよう、今のうちに新社長を決めておこうという目的で開かれるんだよね。

「きみは株主総会までに、ここで女を磨いておけ。社内にあるサンプルはどれでも使っていい」

「はあ？」

「総会では俺の隣に立ってもらう。俺のパートナーとしてな」

パートナーって？　仕事上のパートナーってこと？

首をかしげると、副社長は口の片端を上げた例の悪い顔で笑う。

「きみが気に入った。俺のものになれ」

は……？

副社長の言葉を頭の中で反芻する。けれど、なかなかその意味が呑み込めなかった。

「なにをボケッとしてる。俺の女になれと言ってるんだ」

「ど、どどどうして。なにがどうなって、そうなるんですか」

近づいてくる副社長に突然身の危険を感じ、ドアのところまで走って逃げた。

「父も俺も一成も、きみのような女性を求めてる。そばにいるとホッとできるような女性を」

私がそういう女性だというの？　全然自覚がない。昔からのネガティブ思考のおかげで、周囲に疎まれているという感覚なら充分にあったけど。

「これからの俺には、きみが必要だ」

副社長はじりじりと私を追い込むように近づいてくる。

「俺は必ず社長の座を手に入れてやる。きみに損はさせない。俺についてこい」

壁に貼りついていた私の手を取り、副社長がそっと手の甲に唇を落とした。

ぎゃあああああ！　なにこの人！

いい年こいて手の甲にチューとか、気持ち悪い～‼

「嫌です、無理です！」

背中を虫が這うような不快感に耐えられず、手を振りほどいて服で拭う。

「ほう……拒絶するか。まあいい。それでこそ、攻略し甲斐があるというもの。さて、仕事に戻るか」

副社長はにやりと笑うとデスクに戻り、電話をかけ始めた。誰が株を買えばこちらが何パーセント株券を保有することになるとかなんとか……株主総会の根回しの電話であることが、そばで聞いていてなんとなくわかる。

副社長を支持する人の株保有率が上がれば、彼が社長になれる確率が上がるということだろう。話し合いで決めるにしても投票で決めるにしても、味方が多いに越したことはない。

ふと、頭の中に社長の病室の風景がよみがえる。次期社長の件を、と話しに来ていた専務親子。彼らが、きっと副社長の敵になるはず。でも、一成は？

一成だって社長の息子で、次期社長になる資格はあるはずなのに。古くさい会社だから、やっぱり長男が有利なのかな……。一成はあんまり権力に興味なさそうだし。

「はあ……」

私だって権力争いなんて興味がない。社長になんかなってくれなくていいから、こんなわけのわからないところじゃなく、一成のそばにいたい。普通のオフィスに戻りたい。

ああ……、営業部に戻りたいなあ。

副社長の求婚は冗談だと思うことにして、翌日もとぼとぼと副社長室に出勤。

「あら〜、いいご身分ね〜。なにもせずにお給料がもらえるなんて」

副社長の外出中に秘書課の人たちが来て、散々嫌味を言われた。

ごもっとも。反論のしようもない。

「なにかできることはありませんか。なんでもやります。下働きでも、掃除でもいいので」

頭を下げても、長い髪をアップにした彼女たちは心を開いてはくれない。

「いいのよ〜、あなたに仕事を言いつけたりしたら、副社長に怒られちゃうから」

「わかってて、『なんでもやります』って言ってるんでしょ？　本当はやる気なんてないのに」

三十代前半に見えるメガネの秘書が嫌味な笑顔で言い、私と同い年くらいの若い女性社員は怒ったような顔で噛みついてきた。

「やだ〜、そんなことを言ったら副社長に言いつけられるわよ」

そういった話をしながら、秘書課の人たちは部屋から出ていってしまった。

そんななあ。本当になんでもいいから仕事が欲しいのに……。こんなとき、一成だったらどうするだろう。

『甘えるな。仕事は自分で見つけるものだ』

愛想のない顔で、ぼそっと低い声で言う一成の姿が浮かんだ。

「仕方ない。できることからやろう」

よし、庶務課で掃除道具を借りてきて、部屋中ぴかぴかにしてやろう。

私は無断で副社長室を出ていく。ドアが閉まると、背後で自動でロックがかかる音がした。

エレベーターは怖いので、非常階段を使うことにした。だって、あんなに狭い密室で誰かに因縁をつけられたりしたら嫌じゃない。

気分転換にのんびり行こうと、非常階段を下っていると。

――パタン。

頭上で、静かにドアが閉まる音がした。誰かが、私のあとで非常階段に来たのかも。

その足音は速く、すぐにでも追いつかれそう。

はあ、やだなあ。ひとりでのんびり行こうと思っていたのに……。

ため息をついた、その瞬間。

「え……っ」

背中にありえない衝撃を感じ、体のバランスが崩れる。転ぶと思ったときにはもう、足元にあったはずの階段が目の前にあった。

ぎゅっと目を瞑る。ダダダダと連続で体中に震動が走る。脳が揺さぶられ、気が遠くなる。

震動がやんで、体が止まったのだと感じた頃には、全身が痛かった。

あ……なんか、天国への階段が見えるような気がする……。

「ちょっと！　大丈夫⁉」

階段を駆け上がってくる足音がする。なんとか返事をしようとするのだけど、全身が痛くてなかなか起き上がれない。

「姫香じゃない！　どうしたの、転んだの？」

薄く開けた目に映るのは、とっても綺麗な顔をした……。

「天使……？」

「なに言ってるの、頭打ったの？」

何度かまばたきをすると、視界がはっきりしてきた。そこにいたのは、知美だった。

天使なんてとんでもない。ひどい悪魔だ。

　ボーッとしていると、彼女ははっと上を向いた。そして、私を置き去りにしたまま駆けだしていく。

「待ちなさい！」

　そんな声が響くと、足音が増える。そして、頭上で非常階段のドアがバタンとしまる音がした。

「チッ、逃げられた」

　知美は舌打ちをすると、こっちへ戻ってきた。

「ねえ、医務室まで歩けそう？」

「う、ん……」

　彼女が背中や腕を支えてくれて、なんとか立ち上がる。

「気持ち悪くない？」

「それは大丈夫みたい……」

　だけど、背中と腰が痛い……。右足もひねってしまったのか、一歩進むたびに痛みで顔が歪む。

　知美の肩を借り、なんとか階段を下りて次の階の非常扉からエレベーターホールへ行き、乗り込む。

医務室に行くまで、すれ違った多くの社員に奇異の目で見られたけど、知美が隣にいてくれたおかげか、陰口を叩いたり邪魔してきたりするような人はいなかった。


「突き落とされた？」

医務室で知美が大声を上げ、白衣のおじさん先生が顔をしかめた。

「うん。背中を押された」

うなずくと、知美が白い額にシワを寄せる。

「やっぱり、あの逃げたやつが犯人ね。足音だけで、姿も見えなかったけど」

「そりゃあ穏やかじゃないな」

先生が心配そうに、ベッドに横になる私を見下ろす。

「あんた、誰かに恨まれる覚えある？」

知美に聞かれて考えを巡らせるけど、そんな人物には心当たりがない。

「恨まれる覚えはない。けど、敵が多いという自覚はある」

「あの記事？　確かにあれはねー。女の敵作りすぎちゃったよね。さらに副社長に囲われてるって本当？」

やっぱり、知美もあの記事のことを知っているみたい。

「囲われてない。私がいたら、その部署の人間が仕事をしにくくなるから。隔離されてるだけ」

「ふーん。本当は、日下部長と副社長とどっちが好きなの？」

「日下部長に決まってるじゃない！」

確かにあのお見舞いのあと、副社長の車に乗ってしまったのは軽率だった。けど、絶対に二股とか、気持ちが揺れたなんていうことはない。

大声を出すと、先生は恥ずかしそうな顔をして、診察用のついたての奥に入っていってしまった。

「へーえ。日下部長と付き合ってるっていうのは本当なんだ」

じっと目を覗き込んでくる知美。

「あっ……」

そういえば忘れていたけど、知美は一成のことを狙っていたんだっけ。

「ごめん……どう切りだしていいかわからなくて」

こんなふうに知られるくらいなら、あの夜、焼鳥屋で正直に白状すればよかった。

「別に、謝る必要ないでしょ。あんたは目の前にチャンスがあったからつかんだだけ。

それのなにが悪いの？」

「だって……」

「日下部長のステイタスと容姿は魅力的だったわよ。でも、すごく好きなわけじゃなかったから、ショックを受けてもないし、怒ってもない。びっくりはしたけどね。社内恋愛だとは思ってたけど、まさか相手があの日下部長だったとは」

思ったよりケロッとした表情で、組んでいた手を腰に当てる知美。バレてもこんなものなのか……もっと大激怒されるか、ねちねち嫌味を言われるかと思っていた。

いや、こいつは美人で男を選ぶ側だから、心の余裕があるんだわ。きっと。

「もっといろいろと話を聞きたいけど、これからお客様との約束があるから」

知美は腕時計を見て、ため息をつく。その瞬間、医務室のドアがノックされた。

「どうぞ」

先生が出てきて返事をすると、ドアが開き……。

「えっ！」

現れたのは、すらりと伸びた手足に小さな顔。そこにメガネをかけた人物。

一成がどうしてここに？

「あ、部長、お疲れさまでーす」

知美は笑顔でそう言うと、すたすたと医務室から出ていこうとする。

「ちょっと、知美⁉」

「さっき、あんたの処置中に呼んでおいたの。もしあんたたちが付き合ってるならと思ってね」

わああ……何日かぶりに一成の顔を見られた。あの記事が出てから、外で会うことはおろか、社内でなんて絶対会えなかったもの。

「じゃあね、姫香。部長、外回り行ってきます」

ドキドキと胸を高鳴らせる私に、知美はいたずらっぽく微笑むと、長い髪を揺らしながらその場から去っていった。

なによあいつ……！　めっちゃいい女じゃん！　悪魔とか散々心の中で悪口言ってごめん。

ベッドに座ったままの私に、一成が近づく。

「階段から落ちたと聞いたんだが」

「え、ええ……でも、なんとか無事です」

へらっと笑うと、横から先生がぼそっとこぼす。

「一応、大きな病院で脳波の検査もしてもらったほうがいいと思いますよ。自分で転んだわけじゃないんだから」

よ、余計なことを！

「自分で転んだわけじゃない？」

メガネの奥の目がキラリと光る。隠そうとしている真実を見透かそうとするように。

「ええと……」

この人に嘘を言ったって無駄だろう。知美と話していたことを再び説明していると、先生はまたついたての奥に入っていってしまった。

「社内でお前に恨みを持つ人間か……」

「単に嫌っているだけかもしれませんけど」

「わかった。俺も独自に調べてみる。とにかく病院に行け。車を用意する。兄貴に話を通しておくから」

うなずくと、そこで会話が途切れた。なにか話さなきゃと思うと、一成の大きな手がこちらに伸びてきた。彼の瞳が、じっと私を見つめている。

「他には、なにもされてないか？」

そっと頬に触れられて、どきりとする。

「なにも……」

副社長にわけのわからない求愛をされたことは黙っておこう。私が黙っておかなきゃ、またふたりの間に波風が立ってしまう。

「じゃあ、どうして目を逸らす」

ちゃんと一成の顔を見ていたはずなのに、無意識に視線を逸らしてしまったみたい。ぎくりとすると、余計に彼の目を見られなくなってしまった。

「……腹が立つな」

低い声が鼓膜を震わせる。

「お前を近くで守ってやれない自分に、腹が立つ」

至近距離でそう言うと、一成はこつんと私の額に自らの額を押しつけた。

「こんな目に遭わせて、すまない。俺がお前をＣＭに起用したりしなければ」

後悔のにじむ声に、胸が震える。

「そんなこと言わないで」

初めはひと晩だけの関係でかまわなかった。ＣＭに出たのだって、半ば強引に決められてしまったから。

だけど、あれがなければ、私は一成と恋をすることができなかった。誰かに恋をして、苦しくなったり嬉しくなったり、こんなに感情が揺さぶられるものだって知ることもなかった。

「私は、一成が魔法をかけてくれたと思ってるの」

なにも楽しいことがない、平坦でつまらない先の見えない毎日から、あなたが私を救ってくれたの。

震える手で、きちんと結ばれた彼のネクタイをつかむ。それをぐいっと引き、彼の唇に自分の唇を押しつけた。

お願いだから、私を選んだことを後悔なんてしないで。そんな悲しいことを口にしないで。

「……この、小悪魔め」

口を離すと、一成はそう呟いた。その顔は、薄く微笑んでいた。

「もう少しだけ待ってろ。必ずお前が安心して暮らせるようにしてやるから」

「はい」

うなずくと、ぎゅっと抱きしめられた。かと思うと、すぐに離れてしまう。

そういえば、ここは会社だった。すぐそこには先生もいるんだった。自分の大胆な行動に、今さらながら恥ずかしくて顔から火が出そうだ。

「じゃあ、俺は……仕事に戻らないと」

どうやら、忙しいのに私の様子を見に抜けてきてくれたみたい。それが嬉しくて、まだ離れたくなくて、お互いに握った手をなかなか離すことができなかった。

しばらく待っていると、一成が用意してくれたという、病院へ行くための車の運転手が医務室に現れた。

打ったところは痛いけど吐き気もないし、ちょっと大げさな気もするけど、社長が入院している総合病院で検査をしてもらえるように一成が予約までしてくれたらしいので、厚意に甘えることにした。

運転手はスーツ姿の、清潔感のある男性だった。病院に着くと彼が車椅子を運んでこようとしたので、それは辞退して、徒歩で検査室へ向かう。

レントゲンと脳波の検査をして、結局異常はどこにも見当たらなかった。

「は～、よかった」

一階の売店で買ったコーヒーを飲んでひと息つくと、もう夕方になっていた。

緊急性はなさそうということで、普通に予約していた患者たちのあとに順番が回されたもんな。やっぱり大きい病院は長いこと待たされるわ。

「よし、行こう」

せっかくここまで来たなら、社長のところに一瞬だけ顔を出してこよう。一成も副社長もなにも言っていなかったし、きっとまだあの特別室に入院中だよね。

　慣れた足取りで社長のいる病棟へ向かう。部屋の番号が書かれている札をスライドさせると、前までついていた社長のイニシャルではなく、【入院中】というシールがついていた。

「あのう、ナースステーションで受付されましたか？」

　ノックをしようとした瞬間、怪訝（けげん）そうな顔の看護師に声をかけられた。この前部屋にいた看護師とは別の人だ。

「このお部屋の患者様は、ご家族以外の面会はお断りさせていただいております」

　じっと私をにらむように見る看護師の言葉に、胸の中がざわついた。

　もしや、あの記事のせいで、社長の病気を知らなかった人たちや記者が、わんさか詰めかけてしまったのかも……。

「私、社員の白鳥といいます」

　営業部のときの名刺を差しだすと、看護師はそれを持って部屋の中に入っていく。

すぐに出てきた彼女は、申し訳なさそうに頭を下げた。

「どうぞ、お入りください。すみませんでした」

「いいえ、そんな」

社長が許可をくれたのだろうけど、彼女が謝る必要はない。看護師たちは患者を守らなきゃいけないものね。不審人物ひとりひとりに目を光らせて、さぞお疲れだろう。

こちらも頭を下げて中に入ると、ベッドの上で座っていた社長が微笑んだ。

「こんにちは。いや、こんばんは、かな。病室にいると時間がわからなくて」

この前は開いていたカーテンが閉めきられている。盗撮を防ぐためだろうか。

「社長……ご迷惑をおかけしていませんか」

「ん？」

「私の軽率な行動のせいで、社長の病気が世間にバレてしまって……」

本当は、こんなにのん気に顔を見に来るべきじゃなかったのかもしれない。

「いや、きみは悪くない。それより、あんな不快な記事のせいできみがお見舞いに来てくれなくなって寂しかったよ」

「社長……」

痩せ細った体で、こんな平社員に気を遣ってくれるなんて。うっかり涙が出そうになった。

「それより、どうしたんだ。怪我をしたのか？」

社長に言われ、はっと気づく。私、あちこち包帯だらけだった……！

「え、ええ。ちょっと派手に転んでしまいまして」

ごまかそうと思って無理に笑うと、社長は目を細める。といってもそれはいつもの優しい目ではなく、厳しくなにかを見透かそうとしているような目だった。仕事をしているときの一成に似ている。

「迷惑をかけてしまったのは、こちらかもしれん」

「えっ？」

どういうことだろう。その意味を追及しようとするけど、社長はそれを制するように首を横に振った。

「暗くならないうちに帰りなさい。絶対にひとりで歩いてはいけない。タクシーを使いなさい」

「え、でも……」

来たばかりだし、ここからタクシーじゃ結構お金がかかるし……。

検査と診察代ですっかり寂しくなった財布の中身を思い出してしまう。

「いいから、そうしなさい。これからは私が頼むまで、ここに来てはいけない」

そう言いながら社長は枕の下から財布を取りだし、お札を出そうとする。まるで、たまに会った姪(めい)っ子にお小遣いをくれる親戚のおじさんみたい……じゃなくて。

「お金はありますから、大丈夫です。ちゃんとタクシーで帰ります。それより、どうしてもう来ちゃダメなんですか？」

お金を受け取らないように少し距離を取って聞くと、社長は少し考えて、ぼそりと言った。

「治療に専念したいからだ」

いやいやいや、絶対嘘だし。だってさっき、私が来なくて寂しかったとか言ったじゃない。絶対になにか隠している。

じっと見つめるけど、社長はなにも話そうとしない。

「そうですか……わかりました。また来てもよくなったら、日下部長を通して連絡をくださいね」

本当に一瞬しか会えなかった。

私は頭を下げ、病室の引き戸を開ける。それが閉まる瞬間、社長の「気をつけて」という優しい声が聞こえたような気がした。

なんだかなあ……。やっぱり、私がいると迷惑なのかなあ。

とぼとぼと病院の外へと歩いていく。タクシー乗り場には三台のタクシーが停まっていた。けれど、それよりも多くのお年寄りが先に待っている。お金も足りなさそうだし、すぐ近くに駅があるし、電車で帰ろうかな。

会社からここまで送ってきてくれた運転手の男性には、あまりにも待ち時間が長いので、申し訳なくて先に帰ってもらったし。

いくら会社で私のことを嫌っている人がいるとしても、まさかここまで追いかけてきてなにかするとも考えにくいよね。普通の社員なら、まだ仕事が終わったばかりの時間だし。

「よし、電車で帰ろう」

そして駅のほうへ向かうために歩きだした途端、バッグの中でスマホが鳴った。

もしや、一成？　期待してスマホを見ると、そこに表示されているのは知らない番号。えー……ちょっと気持ち悪いなあ……。

「はい、白鳥です」

おそるおそる電話に出ると、向こうから低い声が聞こえてきた。

『もしもし、俺だけど』

「一成？」

一瞬でテンションが上がる。どうしていつもと番号が違うのか、疑いもせずに次の言葉を待っていると……。

『違う！』

ちょっと怒ったような声が聞こえてきた。

あー、わかった。わかっちゃったよ。一成に似ているけどちょっと違うこの声は、副社長だ。

「はー、すみません。なんでしょうか」

なんだあなたですか、と思う気持ちがダイレクトに声に出てしまう。広い病院の敷地を駅に向かって歩きながら、スマホを持つ手を替えた。

『怪我の具合はどうだ。直属の上司になにも報告がないのはいかがなものかと思うが』

ああ、そうか。副社長、私が怪我をしたことを一成に聞いたんだ。

「あちこち打ちましたが、脳波に異常はなかったんで大丈夫です」

『それならよかった。明日からは自宅へ送迎の車を用意する。仕事中は副社長室から出ないよう、ポータブルトイレと食料を用意しておけ』

できるかー！　用意できたとしても、使えるわけないだろー‼

「トイレは……困ります」

『そうか。じゃあ、ＳＳに来てもらうか』

ＳＳって、シークレットサービス？　ボディーガードとかＳＰみたいなもん？　トイレに行くだけで？

はあああと深いため息が出た。やっぱり副社長の感覚は斬新すぎてついていけない。そんなものに守られていたら、掃除だってできない。いったいなんのために会社に行くのか、ますますわからない。

「副社長、私やっぱり……」

休職にしてもらおう。こんな状態で会社にいたって、意味がない。

病院の敷地を出て、立ち止まる。大きな立体駐車場の真裏の道は、意外に人通りが少ない。

「やっぱり、休職にしてくだ……きゃあっ！」

ぐいっと肩にかけていたバッグを引っ張られ、思わず悲鳴が出た。

もしや、ひったくり？

ぐっとバッグを持ってそちらを見ると、そこにはいつの間に近づいたのか、白い乗用車が。その後部座席のドアが開き、サングラスを着け、黒いＴシャツを着た見知らぬ男が中から私のバッグを引っ張っていた。なに、この人！

『どうした？　なにかあったのか？』

とっさにあごで挟んだスマホから、副社長の緊張した声が聞こえる。

どど、どうしよう。バッグを盗まれたら困るけど、手を離したほうが安全だよね？

仕方なくバッグを捨てて逃げようと思った瞬間、男は一度手を離し、私の手首を捕まえ、一気に引っ張った。

それはものすごい力で、バランスを崩した私は、男の膝に倒れ込むような形になってしまう。顔から離れたスマホが、足元でからんと音をたてて落ちた。

「なっ……」

いったいなんなの⁉

助けを呼ぼうと開けた口に、白いハンカチが押し当てられる。甘いような、強いアルコールのような独特のにおいが鼻孔を刺激したと思ったら、すぐに体から力が抜けていった。

なにこれ。まるで誘拐みたい。誰か助けて……。

もがく間もなく、脳がくらりと揺れ、視界が暗くなった。なにがなんだかわからないうちに、私の意識はどこか遠くへ飛んでいってしまった。

空に願いを

「うう～ん……」

重い頭のまま、ゆっくりとまぶたを開ける。そこには見慣れた自分の部屋の風景ではなく、まったく知らない模様の壁紙があり、余計に頭痛がした。

ここ、どこ……？

だんだんと記憶が戻ってくる。確か、病院から駅に向かう途中でバッグを引っ張られて、ひったくりかと思ったら車中に引きずり込まれて、変な薬を嗅がされて……。

「気づいたようだな」

背後で声がして、はっとそちらを見る。といっても手足が縛られているようで、動いたのは首だけだった。なんとか体を反転させると、そこにいたのは……。

「あなたは……」

シンデレラマジックのCMの企画で一成と戦った、開発部の部長……専務の息子だ。

あのときは骸骨が白衣を着ているみたいだと思った。今は、楽そうなチェックの柄シャツにチノパンを穿いていた。

まわりを見ると、ここはどこかの家の一室のようだった。家具は自分が寝ているベッドの他には、テレビとテーブルとソファが置いてある。どれもそれほど大きくない。壁にかけられた時計が、十時を示していた。黄色がかった照明が光っているのを見ると、おそらく夜の十時だろう。

「ここはどこですか？　どうして、こんなことを」

車で連れ去って手足を縛っておくなんて、これじゃ本当の誘拐じゃない。どうして私がこの人にさらわれなきゃいけないの？

そう思っているうちに、はっと気づいた。

引っ張り込まれた、あの白い乗用車。あれ、朝に私が轢かれそうになった車だ。

「僕の言うことを素直に聞けば、すぐに縄をほどいてあげるよ」

ここはどこかを教えてくれる気はないみたい。じっと次の言葉を待っていると、彼はソファに腰かけた。

「あんたには、僕の花嫁になるか、この世から消えるか、どちらかを選択してもらいたい」

「……はい……？」

なに、そのどちらも受け入れ難い二択。そもそも、どうしてそんな二択を迫られなきゃいけないの？

　私の顔にハテナマークがたくさん浮かんでいたのか、専務の息子は勝手に説明し始める。

「あんたがどうやって社長に取り入ったのかは知らないが、社長は次期社長についてこう話している」

　次期社長？

「今度の株主総会で、次期社長にあんたを任命すると社長は言っているんだよ。白鳥姫香さん」

「ええ⁉」

　なんですって？　どうして私が次期社長なんかに？　絶対無理じゃん。

「もしかして、この前病院で会ったときにそんな話をしたんですか？」

　病院で専務たちに会ったとき、帰り際に『次期社長の件ですが……』という会話が聞こえてきたのを思い出した。

「そうさ。いつくたばるかわからない社長の復帰を待っていては、うちの会社は危うくなる。しかし副社長はワンマンで、信用できない人物だ」

　はい、副社長が信用ならない人物であるというところは私も同意するけど。

頑張って闘病している人に向かって『いつくたばるかわからない』なんて、そんなひどいことをどうして言えるんだろう。

「どうか、身内のひいき目はなしにして、次期社長にふさわしい人物を任命してほしいと社長に話したんだ。あの若くて危うい副社長ではなく、専務である父のほうが適任のはず」

まあ、普通の企業でも、代々ひとつの家の人が社長を継ぐなんて最近は珍しいよね。専務も親戚だし、確かに年齢的には一番安定していそうな気もするけど。

「しかし、社長は副社長でも日下一成でも父でもなく、あんたを社長にしたいと言いだした。理由は、シンデレラマジックの売り上げにおおいに貢献したということと、優しい人柄だそうだ。意味がわからない」

そういえば、シンデレラマジックの初月売り上げは、歴代のメイク用品の中でもかなり上位に食い込んだと一成に聞いたような気がする……。

だけど、優しい人柄ってなに？　私は優しくなんかない。美人の幼なじみに嫉妬ばかりしていた、暗くてネガティブな人間だ。

社長からしたら、他人なのに毎日お見舞いに来て、しかも亡くなった奥さんにちょっとだけ似ているから、そういうふうに思い込んでしまったのかもしれないけど。

「ですよね。現実的に無理です。任命されてもお断りします」

「そうだろう。父も僕も、必死で説得した。なにも知らない小娘に会社を任せるのは危険すぎると」

その通りだと思います。任せられても困る。

うんうんとうなずくと、専務の息子はため息を吐きだした。

「社長も、そこはなんとか納得してくれた。しかし、その次になんと言いだしたと思う?」

「全然想像つきませんけど……」

「じゃあ、白鳥姫香を花嫁にできた人物に会社を任せると言いだしたんだ。あんたが選んだ人物なら、間違いないだろうと」

な、なんですって! ちょっとお見舞いに行ったくらいで、どうしてそこまで?

いや待てよ……もしや、副社長が私にちょっかいをかけてきたのも、社長に同じことを言われたから?

それなら納得がいく。なんの理由もなしに、こんな普通のOLがイケメン御曹司たちに次々に求愛されるわけがない!

そういえば、さっきお見舞いに行ったとき、社長が『迷惑をかけてしまったのは、こちらかもしれん』と言っていた。社長は、自分の発言のせいで私が専務たちに狙われているかもしれないと、直感的に気づいたんだろう。

「それで、私にあなたのお嫁さんになれと、そういうわけですか」

「そうだ。残念だが、父には母がいるし、あんたとは年が離れすぎている」

だから、自分が社長になり、専務に協力してもらって会社を経営していこうと思ったのか。

「でも、社長が任命したって、株主総会で承認を得られなければ……」

「ああ。しかし、歴代の社長が任命した人間が承認されなかった例は、今までない。なにもない状態より、よっぽど確率が上がるということだ。そういうわけで、僕と結婚しろ。悪いようにはしない」

「……嫌です」

そんなわけのわからないお家騒動に巻き込まれてたまるか。こんな卑怯な骸骨野郎のお嫁さんになるなんて、死んでも嫌だ。

「普通に考えて、自分のことを車で轢こうとしたり、階段から突き落としたり、誘拐して拘束したりする人のお嫁さんになれますか？」

そう尋ねると、骸骨野郎は醜く顔を歪めた。

やっぱり。朝の車も、階段も、この人の……いや、この人に雇われた誰かの仕業だったんだろう。

「二度襲っても、私は運よく怪我だけで済んでしまった。それで人を殺すのは容易なことではないと思ったから、誘拐して無理やり花嫁にしようと？　人をバカにするのも、いい加減にしてよっ！」

知美に貢ぎ物をして、リアクションがなかったからと私に八つ当たりしてきた佐伯くんと一緒。どうしてそんなに純粋に、なんでも自分の思い通りになると信じ込んでしまうのか。そして思い通りにならないことがあっても受け入れられずに、人のせいにする。

怒鳴られた骸骨野郎は、ふるふると唇を震わせ、眉を吊り上げた。

「あんた、自分の立場をわかってないのか」

私もそうだった。彼と同じ。悪いのは自分の暗い性格じゃなくて、隣で光り輝く知美だと思っていた。でも、違う。

「こんなことをして社長になって、本当にあなたは喜べるの？　専務は喜んでくれるの？」

「うるさい。説教をするな」

「好きでもない相手と結婚して、幸せになれる？」

　自分の人生を前向きに生きられるかどうかは、自分の気持ち次第。ダメだと思ったら沈んでいく一方。

　もう無理だと思ったら、ひと休みして、それから自分が楽しんでいける道を自分で探すしかない。だって、他人の気持ちや周囲の状況は、簡単には変えられないんだもの。自分が変わっていくしかないじゃない。

「よくわかった。僕の提案に従う気はないということだな」

　くぼんだ眼窩の奥の目が光る。その手にはいつの間にか、カッターナイフが握られていた。

　まさか、それで刺す気じゃないでしょうね。

　危機感を覚えて芋虫のように体をねじる。けれど、相手はあっという間に私のすぐ近くにやってきた。

　カッターナイフが振り下ろされる。ぎゅっと目を瞑る。足首に、鋭い痛みが走った。

「来い！」

　体の前で縛られた手を荒々しく引っ張られ、無理やりに体を起こされた。見ると、足首から血が出ている。どうやら、足を縛っていたロープをカッターで切ったときに足も切られたようだ。

引きずられるようにして部屋から出された私は、はっとする。暖炉のある広いリビングのソファに、専務が座っていたからだ。

専務もグルだったんだ。見張りでもしていたんだろうか。なんて卑怯な親子。

「おい、そいつをどうする気だ」

専務が焦ったような顔で立ち上がる。

「僕の言うことを聞かないから、お仕置きしてやるんだよ」

そう答えた骸骨野郎は、ずんずんと玄関まで歩き、勢いよくドアを開けた。

「殺したら処理が大変だ。殺すなよ」

そんな専務の声にぞっとした。

最初から、私を殺すつもりなんてなかったんだ。そうやって脅しておけば、私が言うことを聞くと思って……。どんな手を使ってでも強引に言うことを聞かせる気なのかも。

専務を振り返る間もなく外に連れだされ、小石が裸足(はだし)の裏を刺した。

「ちょっと、なにをするつもり?」

暗くてよく見えないけど、まわりは真っ暗で、他に建物がないみたい。月光に照らされた木々の葉が不気味に揺れているのだけが見えた。

どこの田舎よ、ここ。もしや、専務の別荘とかそういうところ？

「お仕置きをすると言っただろう。無理にでも『はい』と言わせてやる」

ぐいぐいと引っ張られ、家の裏に連れていかれる。そこには、小学校にあるような古い焼却炉と思わしきものがあった。

骸骨野郎は片手で私を捕まえたまま、乱暴にその扉を開ける。

まさか、ここで私を燃やすつもりじゃないでしょうね。

「ま、待って。専務も『殺すな』って言ってたはず……わあ！」

そんな言葉なんて聞かず、骸骨野郎は私の背中を思いきり押した。暗い空間に放り込まれた私は受け身も取れず、思いきり地面に倒れ込む。

そこにあったのは、古い灰だった。嫌なにおいとともに、鼻から口からそれが舞い込んできて、勢いよく咳き込む。

「ごほっ、ごほっ……！」

無我夢中で体を起こすけれど、呼吸が苦しくてそれ以上動けない。涙がにじむ目で見えたのは、薄く笑う骸骨野郎の顔だった。

「ここで反省しろ！」

ちょっと待って。そう言おうとして息を吸った瞬間、また咳き込む。

扉が無情にも閉められていく。重く大きな音が、地獄の鐘のように鳴り響いた。

暗い。なにも見えない。

少しでも動こうものなら灰が舞い上がり、余計に呼吸を脅かす。恐怖が背中を駆け上がった。じっとしているしかない。

それでも上から灰が降ってくる。咳き込むうちに、息苦しくなって頭がくらくらしてきた。

どれくらいじっとしていただろう。実際に何分いたのかわからないけど、もう何時間も経ったような気がする。このまま意識が遠のいたら、私は……。

やだよ、一成。苦しいよ。

一成。お願い、助けて！

そう強く願った瞬間。

——ゴウン。

頭上で大きな音がして、焼却炉の扉が開いた。霞む目の前には、月光に照らされたふたりの影が。

「姫、大丈夫か⁉」

私は迷わず、差し伸べられた手を夢中でつかんだ。

低い声。大きな手。間違いない。ぎゅっと抱きしめてくれた腕も、広い胸も、全部知っている。

「一成……！」

彼は私の体を強い力で引き寄せ、焼却炉から脱出させてくれた。咳き込んだまま抱きついて離れない私の背を、大きな手がさすってくれる。

「こ、怖かった。死んじゃうかと思った……！」

やっと息が整ってきたら、安心して涙がこぼれた。

「悪かった。遅れて本当にごめん」

一成はそう言うと、立っていられない私を、ひょいとお姫様抱っこした。

「あのさあ、俺に言うことはないわけ。電話で異常を察知したのも、ここまで車を運転してきたのも俺なんだけど」

そんな声が聞こえて、ちょっと顔を上げた。そこには、不満顔の副社長が。いつの間にいたの？

「しかも俺だって手を出したのに、全然見向きもしないで一成のほうに飛び込んでさ」

そうだったっけ。よく見えていなかったし、とにかく一成の声がするほうにしか反応できなかった。

「そんな話はあとだ」

まばたきをすると、間近にある一成の顔がよく見えた。彼はスーツを着たままだったけどメガネは外している。その目は、ぎらぎらと燃えているようだった。

ぎゅっと彼にしがみついていると、誰かが前方から走ってくる音が聞こえた。懐中電灯の眩しい光に目が焼けそうになる。

「お前たち……！」

それは骸骨野郎の声だった。はっと目を開けると、そこには懐中電灯を持った専務親子の姿が。救出に来た一成と副社長の足音が聞こえ、様子を見に来たんだろうか。

「専務、これはどういうことですか。説明してください」

「え、ええと、その……」

長身の一成ににらまれ、萎縮する専務。息子もなにも話そうとしない。そんなふたりに苛立ったのか、一成が大声を張り上げる。

「一歩間違えば彼女は死んでいた！　そんなこともわからないのか！」

びりりと、闇夜の空気が震える。専務と息子は余計になにも言えなくなって、うつむいてしまった。

「詳しい話は俺が聞かせてもらうよ」

副社長がスマホを操作すると、今度は五人ほどのたくさんの足音が聞こえてきた。警備員のような格好をした男たちが、専務親子を取り囲む。

誰、この人たち。噂のＳＳ？

「一成、お前は彼女を病院へ。早いほうがいい」

「ああ、あとは頼む」

一成はうなずくと、専務親子をぎろりとにらみ、大股で歩きだす。

改めて見ると、私が閉じ込められていた家は、やっぱり別荘みたい。木々に囲まれていて立派だけど、専務が暮らすには少しこぢんまりとしている。

高い垣根に囲まれた門を出ると、救急車のサイレンの音が聞こえ、赤い光が遠くに見えてきた。

「た、助かったぁ～……」

一成が助けに来てくれなかったら、本当に危なかったかも。ホッと安堵のため息をつくと、彼が私を地面に下ろした。そして、私の顔を指で拭う。

「姫……お前、真っ黒だぞ」

はっ。そう言われれば、灰の中で転がっちゃったんだっけ。頭からつま先まで……

いや、鼻の穴も耳の穴も真っ黒に違いない。

ぽんぽんと頭や服の灰を払ってくれる一成を見上げると、彼はふっと笑って言った。

「いくらシンデレラでも、リアルに灰を被る必要はないのに」

ひ、ひどい！　本当に怖い思いをしたのに、ネタにして笑うなんて。

抗議しようと思ったら、一成が自分の額を拭った。私についていた灰のせいで、おでこが真っ黒になった。

「ごめん。ホッとしたら、笑えてきた。本当に無事でよかった」

少年みたいな顔で笑う一成を見たら、不思議と怒りが一瞬で消えてしまった。スーツが汚れるのもかまわずに私を抱きしめてくれる彼が、愛しくてしょうがなかった。

＊　＊　＊

それは、今日の終業後のこと。

病院へ行った姫香からなかなか検査結果の連絡がないことを心配し、駐車場で彼女に電話をしようとしていたときだった。彼女の電話番号をタップする前に、スマホが鳴った。画面には、見たくもない相手の名前が。

『クソ兄貴か』

出ずに切ってやろうかと思ったが、もしかして親父になにかあったとか、マスコミ絡みの別のトラブルが発生したとか、そういった緊急事態だといけない。

『なんだ』

しぶしぶ出ると、聞こえてきたのは、珍しく焦ったような兄貴の声だった。

『一成？ 今、どこにいる？』

『会社の駐車場だが、なんの用だ』

『白鳥姫香が、トラブルに巻き込まれたかもしれない。心当たりはないか』

なんだって。姫香が、トラブルに巻き込まれただと？

『どういうことだ。ちゃんと説明しろ』

追及すると、兄貴と姫香との電話中に悲鳴のような声が聞こえ、それきり通話が途切れてしまったという。

聞いている途中から手のひらが汗ばみ、心拍数が上がっていく。

『兄貴、とにかく、誰かにスマホのありかを突き止めさせろ』

『ええ、どうやって』

完全にテンパってしまっている兄貴のオドオドした口調を聞いていると、異常にイライラした。

なんでも人に頼めばなんとかしてくれると思うなよ！

『それくらい自分で考えろ！』

そう怒鳴り、通話を一度終了させる。

急いで車のエンジンをかけると、姫香が行った総合病院へと向かう。

なにか、手がかりがあるといいんだが。あそこは人の出入りが激しい。タクシーやバスも頻繁に行ったり来たりしている。誰かが姫香の姿を見ているかもしれない。

ただの勘違いであってくれ。あの姫香のことだ。うっかりスマホを落として壊してしまっただけということもありえる。

自分に言い聞かせながら、病院へと車を走らせた。

駐車場に車を停め、親父の病室へ向かおうと考える。姫香なら、診察が終わったあとに親父の見舞いに寄るはずだ。なにか手がかりがつかめるかもしれない。

病院の建物に入る前にまわりを見回してみるが、別段異変があったようには感じられない。いつものように、バスやタクシーを待つ老人たち。ところ狭しと並べられた、駐輪場の自転車。その近くにある喫煙所のほうから、小学生の群れが歩いてきた。

『なあ、いいじゃん。もらっちゃおうぜ。ゲームやろうぜゲーム』

小学生はみんな男子で、四人いた。こいつらが姫香の居場所を知るわけはあるまい。

そのままスルーしようとしたが、真ん中にいた小学生が大きな声を上げたので、思わず足を止めてしまった。

『ダメだって！　落とした人、絶対困ってるよ。届けたほうがいいよ』

そう言う彼の小さな手には、白いスマホ。もう片方の手には姫香が使っていたのと同じ、水色で貝のイラストがついたケースが。

まさか、あれは。

『おい、お前ら』

思わず声をかけると、後ろのほうにいた生意気そうなガキがこっちをにらんだ。

『なんだよ、おっさん』

おっさん、だと……。

いや、そんなことでイラッとしている場合じゃない。

『そのスマホ、俺の知り合いのものなんだ。どこに落ちてた？』

生意気なガキは無視し、素直そうな真ん中の子供に話しかける。すると彼は、ホッとしたような表情を見せた。

『ああ、よかった。お兄さんの知り合いの……本当だよね？』

『ああ、本当だ』

『証拠はあんのかよ、証拠は』

証拠だと。俺が小学生から無理やりスマホを奪おうとするような大人に見えるのか。

ムカムカしながら自分のスマホを取りだし、自宅に招いた姫香がスマホをいじっている姿を撮った画像を証拠として見せた。

『本当だ。これだ』

『なーんだ、ブスじゃん。これ、彼女？』

またまた口を出してきた生意気なガキをにらみつける。確かにすっぴんの画像だが、ブスとはなんだ、ブスとは。

やっと黙ったそいつを気にしながら、素直な子供は話し始める。

『あの、あっちの駅のほうに落ちてたんです』

案内してもらうと、そこは確かに駅の目の前だった。

しかしその駅は電車があまり来ないらしく、閑散としている。人通りも車の通りもまばらだ。

もしスマホを落としたときに思わず悲鳴を上げたのだとしても、そのあと当然スマホを拾っていくはず。それがそのまま落ちていたということは……。

　考え込んでいると、着信を知らせる音が鳴る。画面を見ると兄貴の名前が。

『なんだよ』

『一成か？　白鳥姫香のスマホのありかがわかったぞー！』

『……病院だろ』

『そう、病院。って、どうしてわかるんだよ』

『説明は省くが、姫香のスマホは回収した。だが、本人が見当たらない』

　いったいどこにいるんだ、姫香。

　痛んできた額を押さえると、兄貴の声がした。

『家にいてくれればと思って自宅周辺を探させたが、どうやらいないようだ。今は、病院周辺の防犯カメラを解析に回してもらえるよう依頼してる』

　やっと頭が回り始めたか、兄貴よ。だがまだ充分じゃない。

『自宅へ向かっていないとなると、誰かに連れ去られた可能性もあるな』

　姫香はあちこちに怪我をしていた。その状態でどこかに買い物や遊びに行くとは考えにくい。それに、兄貴が聞いたという悲鳴のような声。誰かが彼女になんらかの危害を加えたと考えるのが自然だろう。

『すると、マスコミの仕業じゃないな』

兄貴が言った。同意だ。マスコミがわざわざ、姫香を拉致するわけがない。単なる変質者の仕業か、それとも……。

思考の途中で、兄貴が口を挟む。

『それなら、俺に心当たりがある』

『なんだと?』

『親父がいらんことを言っちまったやつらがいるんだよ』

よく聞いてみると、兄貴は親父に、次期社長に推薦してくれと直談判に行ったらしい。それだけでも驚きだが、あろうことか親父は姫香を推薦したいと返したと聞き、気を失いそうになった。

なにを考えているんだ、親父よ……。

『さすがにそれは無理だろって言ったら、あの子を嫁にできた者を次期社長に推薦してやるって言うんだよ。しかも、俺より先に同じことを言われたやつがいた』

『誰だ』

『専務親子だよ。あいつらも、俺と同じように断られたらしい』

なるほど。株主総会はもう目前。それまでに立場を優位にするため、姫香を脅迫して無理やり自分たちのものにしようとしたのか、邪魔だったから消そうとしたのか。

『よし。あいつらの所在なら、すぐにつかめる』

『頼む』

『一成、ここからは一緒に行動しよう。俺も、白鳥姫香の安否が心配だ』

『ああ』


会社に帰り、兄貴と合流した俺は、彼の車に乗ることにした。

『どうして俺の車なんだよ』

『こっちのほうが、早いはずだ』

なんのためのスポーツタイプの外車なんだ。こんなときこそ、実力を見せろよ。

『念のため、探偵を雇わせておいてよかった』

シートベルトを締めながら、兄貴は話し始めた。

株主総会までになにかボロを出さないかと、兄貴は専務親子を探偵に見張らせていたらしい。探偵が言うには、彼らは神奈川県方面に車で移動しており、今も追跡中とのこと。

『湯河原(ゆがわら)の別荘か』

神奈川県と聞きピンときたのは、そう言った兄貴だけじゃない。

俺も真っ先に、そこを思い浮かべた。まだ幼い頃、父と一緒にその湯河原の別荘に招かれた思い出がある。少し歩けば商店も並んでいるが、別荘自体の敷地は広くて樹木が生い茂り、周囲の視線から逃れるには絶好の場所だと思われた。

『よし、そっちに向かうぞ』

そして兄貴とともに車で移動中、病院の防犯カメラを調査していた兄貴の秘書から、姫香らしき人物が白い車に引き込まれたことが報告された。

さらに別の探偵から、数日前から専務の息子がその白い車の持ち主らしき男と頻繁に接触していることも知らされた。

『ほとんど黒だな』

『ああ、真っ黒だ。しかし相手が専務となると、警察に通報するのはやばいな。会社のイメージダウンになる。民間に頼もう』

こんなときまで会社のことを考える兄貴に呆れればいいのか、感心するべきなのか。とにかく彼は懇意にしている民間の警備会社に、湯河原の専務の別荘へ向かうよう依頼した。

高速に乗る直前、探偵から、やはり専務親子の別荘で、気絶した姫香らしき人物が白い車から運ばれるのを目撃したという連絡が。

待っていろよ。どうか無事でいてくれ、姫香。

そうして俺たちは幸運が重なった結果、姫香を救出することができたのだった。怖い思いをしたようだが、最悪の事態は免れた。

「大丈夫だ、姫。もう離さないから」

救急車が近づいてくるにもかかわらず、抱きしめた彼女をなかなか離せずにいた。

＊　＊　＊

「結局、ネットに誹謗中傷を書き込んだのも、週刊誌にあんたのことを売ったのも、専務親子だったってわけ？」

仕事帰りにふたりで寄ったコーヒーショップで、知美が怖い顔でこちらを覗き込んできた。

あの誘拐事件からもう二週間が経った。結局、身内から犯罪者を出すのは会社のイメージにも関わるし、社長もショックを受けるだろうということで、今回のことはごく内輪の秘密にしようということで幕を閉じた。

専務親子は、今はフィリピンの工場にふたり仲よく赴任している。副社長が言うには、社長が真実を知ったときに『余計なことを彼らに言わなければよかった』と自分を責めるといけないから、クビにまではしないのだそう。社長は優しい人だから。

本人たちに確認したところ、週刊誌の件は認めた。私や御曹司兄弟の評判を落とすことが目的だったらしい。

「それがさあ、ネットのほうはあの専務親子だけじゃなかったみたい」

見ることを避けていたから知らなかったけど、シンデレラマジックのＣＭが流れ始めたときから、私に対する誹謗中傷の嵐の掲示板があったようだ。

『普通にブスじゃね？』

『なんか腹立つ顔だな』

そんなところから始まって、いつからか私の個人情報が社員から流されてしまったみたい。

会社のパソコンでそんな掲示板に書き込む人はさすがにいなかったらしく、犯人は結局わからずじまい。ネットって怖い。改めてそんなことを思った。その掲示板は、今では閉鎖されている。

「嫌ね、暇人って。とにかく無事でよかった」

ソイラテに口をつけた知美はやっぱり美人で、私なんてまったく敵わない。それでも最近は、彼女と一緒にいたくないとは思わなくなった。

「で、今日は運命の株主総会だったわけよね。私たち一般社員には縁のない話だけど」

「株、持ってないもんね」

「そうそう……って、あんたどうしてそんなに冷静なのよ！」

ちゅーっと甘いキャラメルフレーバーのフラペチーノを飲む私の前のテーブルを、知美の美しい手がバンバンと叩いた。

「だって……」

言い返そうとしたとき、背後のガラスがとんとんと叩かれた。振り返ると、そこにはメガネをかけ、スーツの上着を脱いで肩にかけている一成の姿が。

「あーあ、もう王子様が到着しちゃった。またゆっくり付き合ってよね」

「うん。じゃあ、また」

うなずいて手を振る知美は、今も課長昇進をかけて必死に仕事をしている。ひと月後には昇進試験を控えていて、本当に遊んでいる暇なんてないみたい。

そういえば、彼女に無視されていた佐伯くんは、結局ふられてしまった。

『返事をする時間がなかったの。この通り、物は返却するから、金輪際、姫香に八つ当たりするのはやめてよね』

ばっさり切り捨てた知美に、佐伯くんは『どうしてダメなんだよ』と食いついたらしい。私はてっきり、『今は仕事に集中したい』とかうまく返したのかと思ったけど、そうではなかった。

『直接告白してこないような男は好きになれない』

きっぱりそう言ってしまったんだって。

それを聞いたとき、私は知美のことがまた少し好きになった。

まわりの目なんて気にせず、自分が正しいと思うことをはっきり主張することは、敵も多く作るだろう。だけど自分にはなかなかできないことだから、素直にかっこいいなと思った。

一方ふられた佐伯くんはというと、落ち込みはしたみたいだけど、なんとか浮上して仕事を頑張っている様子。つい最近、社内ですれ違ったお腹の神様、もとい細川販促部長が、そんなことを言っていた。

おっと、一成が待っている。回想にふけっている場合じゃなかった。

慌ててバッグと飲み物を持って立ち上がると、肩にかけていたカーディガンが落ちかけた。それを手繰り寄せながら、店の外に出る。

「お疲れ。今日はどうだった？」

店の壁に寄りかかるようにして立っている一成が、こちらに微笑みかける。

「いつも通り、忙しかったですよ。あ、例の新店の件で電話がありました。明日折り返してください」

業務報告をしながら歩み寄る。

たいした怪我をせずに済んだ私は、二日ほど休んですぐに復職。副社長から辞令が出され、元の営業部に戻れることになったのだった。

最初は周囲の目が厳しく、つらかったけれど、一成がすりガラスルームのガラスを常に透明にするようにしたこともあり、徐々に私が真面目に仕事をしていることがわかってもらえてきているみたい。

それに知美も『あの子は二股かけられるような子じゃないよ』と庇ってくれているのを見たと、桑名さんが教えてくれた。

それどころか、『よく考えれば、あの子がふたりも御曹司をたぶらかせるわけないよね』と、週刊誌の女性は実は私ではないとの噂まで出始めていた。目のところが隠されていたし、社内では決してしないような格好だったから、そう思われても無理はない。ありがたいやら、情けないやら、複雑な気分。

「了解。じゃあ、行こうか」

うなずいて、並んで歩きだす。ふと今までいた店内を見ると、知美が微笑んで手を振っていた。

腕時計を見ると、まだ午後六時。夜と呼ぶには少し明るい。

今日は待ち合わせて夕食を一緒にとる予定だったので、一成に以前プレゼントしてもらった綺麗めワンピースを着てきた。

「連れていきたいところがある。ちょっと急ぐぞ」

「えっと……それってどこ?」

早足の一成についていくには、小走りしなければならない。いつもは歩調を合わせてくれる彼が慌てている。いったいどこへ行くつもりだろう。

てっきり車に乗って行くと思ったのに、彼はとある大きなビルへ入っていく。ビルの中の階は素通りし、エレベーターで向かったのは屋上。そこにあったのは……。

「なにこれ!」

目の前に、初めて生で見るヘリコプターが停まっていた。白い機体に、黄色と青のラインが入っている。

「ちょっと距離があるところだから、これで向かう」

「嘘⁉」

遊覧飛行とか、夜景飛行は聞いたことがあるけど、もしかしてこれで今から遠出しちゃうわけ？

「もしかして、これ……」

「親父に借りた」

「まさかの自家用！」

自家用ヘリがあるなんて……そりゃあ専務たちも社長になりたがるはずだよ。

一成に手を引かれて、狭い機内に乗り込む。すると、すぐにパイロットらしき人がエンジンをかけたみたい。機体が揺れ、頭上で翼が動きだす音がばたばたと聞こえる。ドキドキしていると、ふっと体が地上から浮く感覚がした。

「わあ～！」

空中で機体が安定し、空を飛び始める。

もちろん、ヘリに乗るなんて初めての私は、おそるおそる下を見て興奮してしまった。いつも歩いているゴミゴミした街が、まるで宝石箱みたいに輝いている。

「こんなに綺麗な夜景を見るの、初めてです」

「喜んでもらえたようでよかった。このあと、もっと喜んでもらえるといいんだが」

「そういえば、目的地はどこですか？」

これよりもっと素敵な体験ができるなんて、想像もつかない。

尋ねるけど、一成は薄く微笑むだけ。どうやら、到着するまで教えてくれる気はないようだ。エンジンや翼の音も結構するし、怒鳴るように会話するのもなんだな。諦めて夜景を楽しむことにしよう。

そうして下を見ているうちに、夜の闇が深くなってきた。夜景の光はぽつぽつと小さく、少なくなっていく。

一時間ほどした頃には、ほとんど真っ暗になってしまった。

いったいどこの田舎に連れてこられたのか……。不安に思ううちに、空港のようなものが見えてホッとすると、ヘリが下降し始めた。

「着いたぞ」

目を凝らしているうちに、ヘリが着陸した。パイロットのおじさんにお礼を言う暇もなく、今度はスーツを着た別のおじさんが現れる。

「お待ちしておりました。お車はこちらです」

車？　この人はタクシーの運転手？

首をかしげていると、一成に手を引かれた。あれよあれよという間にヘリポートからタクシーに乗り込まされ、目的地に向かう。

「な、なにこれ……」

ひどい渋滞に呑み込まれ、途中下車して一成に手を引かれ、二十分ほど歩いた。

六月だというのに肌寒い。肩にかけていたカーディガンをしっかり着込む。

たどり着いたそこは、【にいがた空まつり】という大きな看板が掲げられた奥に広がる、広々とした高原だった。暗くてよく見えないけど、明るいうちに見たらさぞや緑が綺麗だろう。

しかし、ただ広々としているわけではない。電線もなにもない開放的な夜空の下、たくさんの人が大きな箱のようなものを持っている。

「あれはなに?」

「スカイランタンだよ。聞いたことないか?」

スカイランタン……骨組みに和紙を巻きつけた、四角い小型の気球みたいなあれ? 何年か前のアニメ映画で見たような気がするけど。

遠くから見ていると、ひとつ、またひとつとランタンに火が灯っていく。それぞれのランタンには、なにか文字のようなものが書かれているみたい。

「急げ。こっちだ」

一成に手を引かれ、看板の近くの大きなテントの元へ走る。係員に彼が名刺を渡すと、彼らはすぐさま、まわりと同じようなランタンを持ってきてくれた。

「これに願いを書いて、空へ飛ばす。そういうイベントなんだ」

そう言いながら、一成は渡されたペンでさらさらとランタンの側面になにかを書き込む。

「私も書きたいな」

「いや、申し訳ないがそれは来年にしてくれ。ランタンは火がつくとひとりでは持てない。ふたりでひとつを飛ばすものなんだ」

「ええ〜っ！」

なによそれ。せっかく一緒に来たのに、ひとつしかランタンを飛ばせないって。じゃあ、そのひとつのお願いは一緒に考えたかったな。さっさと自分の願いだけ書いちゃうなんて。ケチ。

どうせ、『会社の株価が上がりますように』とか書いたんじゃないの。神頼みなんてしそうにない性格のくせに、どうしてこんなときだけ。

ぶうっと頬を膨らませたまま、一成について歩いていく。その間にも、まわりにランタンの灯りが次々に浮かび上がる。まだ空にはひとつも飛んでいないけど、童話のワンシーンのような幻想的な雰囲気にだんだん機嫌が直っていく。

やがて、巡回してきた係員が、私たちのランタンにも火をつける。四角のランタンの中に温かい空気が溜まるのをじっと見つめていると、一成が口を開いた。

「今日の株主総会の話だけど」

「はい？」

今、その話？

「実は、次期社長に承認された」

「えっ！」

びっくりして、ランタンを離してしまいそうになった。

よくよく話を聞くと、結局社長は一成を次期社長として推薦したみたい。

理由は私をがっちり捕まえているから……と、そんなことを言うわけはなく、一成が営業部で残してきた業績によるものだとか。

最近ではシンデレラマジックのＣＭ企画と、入れないはずだった商業施設への出店を決めたこと。特にシンデレラマジックはＣＭの効果か、あの週刊誌騒動があったおかげか、商品が売り切れる店舗が続出。近年では珍しいほどの大ヒットを記録した。

値段の割には使い心地や発色がいいと、コスメの口コミサイトでも評判は上々らしい。

　ワンマンで強引なところがある副社長に対しての社内の不満に、社長もうすうす気づいていたらしく、彼にはもう少し協調性を学んでもらおうと、副社長の座に留任でどうかということに。株主たちに異論はなかったようで、そのまま一成が次期社長に、副社長は留任という形で承認された。

　当然、副社長はがっくり肩を落とし、『俺もフィリピンの工場に行って、あっちのお姉ちゃんたちと遊んで暮らそうかな～』とやさぐれてしまっているそう。

　そんなことを言いつつ、今まで通り副社長をやるんだろうな。これからは、兄弟で力を合わせてくれるといいけど。私を助けに来てくれたときみたいに。

　とにかく、利益だけじゃなく、社員やお客様のことにも一生懸命気を配ってくれる一成が社長になれば、会社はもっとよくなっていくだろう。

「そう……おめでとうございます」

　それにしても、一成が次の社長になるなんて。もう、あの部屋で一緒に仕事をすることはなくなっちゃうんだ。

　なんだか一成が急に遠い存在になってしまった気がして、少しだけ寂しさを感じた。

「お前には感謝してる。親父も、お前のおかげで日々確実によくなっていってる」

「社長の病気がよくなっているのは、社長ご自身が頑張っているからですよ」

「その頑張る気持ちをくれたのは、お前だ。母に似てるだけではなく、俺や兄だけでは与えられなかった温かさを、お前がくれた」

そう言ってもらえるほど、大げさなことはしていない。ただ普通にお見舞いに行って、声をかけていただけなのに。

「俺も親父も、お前の笑顔に癒されるんだ」

「や、やだなあ……照れます」

そんなふうに言ってくれるの、一成だけだよ。

そして私は、あなたの微笑みに勇気をもらっている。この顔は私しか見ることができないのだと思うと、胸が熱くなるんだ。

「親父も言ってた。姫は笑うと、無表情で黙っているときとは別人のように愛嬌が出てかわいらしいと」

……黙っているときはブスですみませんね。

昔から、常ににこにこできるほど楽しいと思ったことがなかったんだもの。日常の中で笑う回数が増えたのは、あなたに会ってからなんだよ。

「これ」

突然、一成が腕をひねった。手を離さないように注意しながら、今まで彼側にあって見えなかったランタンの側面を見る。

「俺の願い」

オレンジ色の炎に透かされた和紙に書かれている、さらりと流れる流麗な文字。それを見て、思わず涙が込み上げた。

そこには、シンプルに【ずっと一緒にいてください】と書かれていた。

これって、まさか……。

「この前お前が言った通り、俺たちはまだ出会ったばかりだし、俺もこれからさらに忙しくなる。すぐに結婚、とは言わないけれど」

「うん……」

光に照らされた一成の目が、まっすぐにこっちを見ていた。その視線はランタンの光のように温かく私を包み込む。

「ずっと、そばにいてほしい。特別なことなんてなにもできなくていい。ただ、笑っていてほしい」

胸がぎゅうっと締めつけられて、我慢できなくなった涙がぼろぼろとこぼれた。ただ、笑っている。それだけのことが、昔の私にはとても難しいことだった。

ううん、これからだって、笑顔でいるのが難しい日はあるだろう。

でもきっと、あなたがそばにいてくれるなら、なんだって乗り越えられる。

『はい』と返事をしようとした、そのとき。

『では、一斉に手を離しましょう。打ち上げ開始！』

マイクを通した係員の声が夜空に響く。そっと両手を上げ、ふたりで支えていたランタンから指先を離す。

すると、まるで魔法にかかったように、ランタンはふわりと空に舞い上がった。まわりのランタンも一緒に、ひとつ、またひとつと空へ打ち上がっていく。

ランタンは次々に地上を離れ、空へ上っていく。たくさんの願いを乗せた光が、夜空を埋めつくすように広がる光景に、息を呑んだ。

「綺麗……」

この無数に見える光の数だけ、誰かが誰かの幸せを思う気持ちがあるんだ。私が知らなかっただけで、世界はきっと、愛に溢れている。

さっきまでの肌寒さを忘れるほど、周囲に溢れる光の温かさで、全身が熱くなっていた。

胸が震えて、涙が止まらない。しゃくり上げる私の肩を、一成がそっと抱き寄せた。

「大好きだよ、姫」

こんな殺し文句を聞けるのは、社内で、ううん、世界で私ただひとり。

「私も……。ずっと一緒にいたい」

涙ながらに返事をした私を、彼は人目もはばからずに強く抱きしめた。

光よ、もっともっと空高くまで舞い上がれ。私たちの願いを、永遠に照らしていて。

幸せに憧れることすら諦めてしまった私を変えてくれたこの人がいれば、私はこれからも笑っていられる。

困難にぶち当たったって、つらいことがあったって、少しだけ自分を好きになれた私は、前向きに頑張っていける。

だって、そばにはあなたがいるから。あなたがかけてくれたシンデレラの魔法が、私に無限の勇気をくれたの。

だから、ずっと魔法を解かないでいてね。ずっとずっと、私にだけ甘い声で囁いて。

『大好きだよ』と――。

そっと目を閉じると、彼が私にキスをひとつ落とす。

まぶたの裏ではいつまでも、空に舞い上がるオレンジ色の光たちがきらめいていた。

特別書き下ろし番外編

うとうとと、温かいベッドの中でまどろんでいると、低い声が耳をくすぐる。

「もう寝るのか？」

だって、今日も仕事だったんだもん。それに、さっき食べた夕食でお腹がいっぱいで、眠くなっちゃうよ。

今日は仕事帰りに一成と合流し、そのまま彼の自宅で一緒に過ごしていた。

一成は次期社長に任命されてからというもの、まだ営業部長という肩書きでありながら、いつものあの部屋にはほとんどいられないくらい忙しい。

次の部長になる人への引き継ぎに、社長になる準備や挨拶回り。彼の生活のほとんどは、仕事に占領されていると言っても過言ではない。

私はというと、相変わらず桑名さんと一緒に営業事務の仕事をしている。人事部から異動してもう三ヵ月。それなのに、まだ事務の電話応対の仕事を完璧にこなすことはできていない。

毎日毎日、聞いたことのないような単語は出てくるわ、たまに見舞われたことのないようなトラブルに巻き込まれるわ。外国から原料が届かず、工場での生産がストップしてしまったり、シンデレラマジックのような人気商品が品薄になってしまい、充分に商品が行き届かなかったお客様から嫌味を言われたり。

とにかくお客様やまわりの状況に振り回されるばかりで、自分で計画を立てて目標を達成するということがない今の仕事に、ちょっとうんざりしてきていた。

自分で目標を設定し、それを着実に達成している知美は本当にすごいのだなあと実感する。

それでも、一成が『事務がいなきゃ、営業は仕事ができない。お前たちはとても重要な仕事をしてるんだ』と言ってくれるから、なんとかもっている。

一成の役に立てると思うから頑張れていたけど、部長が代わってしまったらどうなるのかな……。

「おい、本当にこのまま寝る気じゃないだろうな」

返事をしない私の頬を、ぶにーと引っ張る一成。彼はほとんど裸で、私の横に寝転んでいた。

一成が作ってくれた食事を食べ、映画館で観たかったけれど時間が取れなかった映画のDVDをゆっくり鑑賞して、彼の自宅の綺麗なお風呂に浸かることができて、もう私に思い残すことはなにもありません。

「起きろ、ちょんまげ。起きないのなら、勝手にするぞ」

一成が私の前髪をすくい上げ、額にキスをする。頬をつまんでいた手が、ゆっくりと鎖骨から胸へと下りていく。

そしてすでに夢心地だった私は、心地いい波の中へと潜っていくように、彼に身を任せた。


朝起きると、すでに彼は無愛想な上司の顔に戻っていた。

「おはよう」

遅く起きた私の前には、彼が焼いてくれたトーストと目玉焼きとサラダが。

「また作らせちゃった」

どうにも朝は苦手で……。というか、一成が料理上手なので、私はいつも食べるだけ。情けないけど、つい甘えてしまう。

「いいよ。疲れてるんだろ。一回だけで、ぐっすり寝てしまうほどだったんだから」

確かに、私は一成との行為を一度終えてしまうと同時に、気を失うように眠ってしまった。

いつもは一成が満足するまでお相手するんだけど、彼が与える快感も睡魔に勝てないなんて。そうとう疲れが溜まっているのかな。

「ごめんね」

私より、一成のほうがよっぽど疲れているはずなのに……。思いやりが足りない自分が嫌になる。

「謝ることはない。基礎体力が違うんだから。さあ、食べたらシャワーを浴びてこい」

もう何度繰り返し聞いたかわからないセリフ。

シャワーを浴びながら反省する。このままじゃ一成に嫌われてしまう。仕事もプライベートも、もっと頑張って輝いていなきゃ。

すっきりした頭でメイクをして戻り、出かける準備をしていると、一成が話しかけてきた。

「姫。相談なんだが」

「はい？　なんですか？」

急に真面目な顔をして、どうしたんだろう。しかも相談なんて珍しい。

「いや……また今度でいい。もう時間もないしな」

なにそれ、気になるじゃない。けれど、時計を見ると、もう出かけなければいけない時間。

「じゃあ、今度会えたときに聞かせてくださいね。電話でもメールでもいいですけど」

そう提案すると、一成は首を横に振った。

「いや、直接話したい。また時間ができたら連絡する」

「はい……」

実はまだ、私たちの関係は社内では秘密にしている。

週刊誌騒動のあと、あれは私に見せかけた別人ではないかという憶測が飛び交い、今ではそっちが真実のように思われているみたい。

そりゃあ、私と一成じゃ釣り合わないものね。そう思われても仕方ない。それに、付き合っている者同士が同じ部署で仕事をしているとまわりが気を遣うから、私は今のままでいいと思っている。

というわけで、社内で一緒に昼食をとることも、休憩をすることもない私たちは、やはりこうして空いた時間に会わなければ、直接プライベートな話をすることはできないのだった。

朝食を終え、いつものように別々に一成の部屋を出る。

それにしても、相談ってなんだろう？　通勤中、そのことがやけに気になった。

「はい、営業部白鳥です。はい、はい」

今日は朝からひっきりなしに電話が鳴っている。私自身にしか解読できないであろうメモの走り書きが溜まっていく。

電話を切った瞬間、パソコンの画面に向かう。メールでの受発注では、納期が遅れる場合がある。だから客注やクレーム対応なんかで急いでいる店舗は、やたら電話をかけてくるんだよね。

「すみません、今送信した分の注文ですが、至急店舗に送ってください。ええ、大至急で」

倉庫へ電話をかけ、それが終わると息つく暇もなく、今度の会議の資料作り。その途中でも容赦なく電話は鳴る。全然仕事が終わらない。

「今日は疲れるね……」

「ですね」

やっと正午のチャイムが鳴り、静かになった部屋で桑名さんが言った。

「今日は弁当?」

「いいえ、今日は食堂に行ってきます」

「そ。珍しいね。じゃあ俺も一緒に行こうかな」

一成は今日も部屋に出たり入ったりで、なかなか落ち着かない。少し前に出ていって、まだ帰ってくる様子はない。

大変だなあ。昼食、ちゃんと食べられるといいけど。

そんなことを思いながら、桑名さんと連れ立って食堂へ向かった。


「じゃあ、ここで」

トレイに好きなおかずを乗せていくスタイルの食堂の出入口で、桑名さんはなにも取らずに私に別れを告げた。

「えっ、一緒に食べないんですか？」

「うん。俺、ここで彼女待ってるから」

「ああ、そうなんですか」

社内に彼女がいるなんて初耳。じゃあ、邪魔しちゃ悪いよね。別に私はひとりでもかまわないし。

ささみの照り焼きとほうれん草のお浸し、味噌汁とご飯を選択した私は、トレイを持って席を探す。しかし、結構な混み具合。特に女性たちは一緒にご飯を食べる仲間の席まで確保していて、空いているところといえば話したことのない男性社員の隣や向かいの席ばかり。

「白鳥先輩、どうしたんですか？」

きょろきょろしていたら、聞き覚えのある声が私を呼んだ。振り返るとそこには、にこにこと笑って手を振る後輩の田村くんが。彼は食べかけの料理が乗ったトレイを置いたまま、こっちに近づいてきた。

「誰か探してるんですか？」

「ううん、席を探してるの」

「あっ、じゃあ、よかったら」

そう言い、田村くんは自分の隣の席を指差す。

「いいの？」

「ええ、どうぞどうぞ」

彼は私の手からトレイを奪い、横にそれを置いた。

「ありがとう。久しぶりだね。人事部のほうはどう？」

ありがたく田村くんの隣に座りながら、話しかける。すると彼も座って箸を取り、渋い顔をした。

「どうもこうもないっすわ。やっぱ白鳥先輩がいなきゃ無理ですね」

「またまた……」

「先輩は……CM出ちゃったり、なんかすげー活躍してますよね」

「あはは。そのせいで大迷惑を被ったりしたけどね」

田村くんって、やっぱりいい子。話しやすいし、すごく気を遣ってくれているのがわかる。

「あの……」

大きな口でご飯を食べていた田村くんが、急に箸を置いた。

「なに?」

こっちはお米を咀嚼(そしゃく)しながら、首をかしげる。

「こんなところで申し訳ないんですけど、俺、先輩にずっと言いたいことがあって。全然会えなかったから、今言いたいんですけど」

「え、なに。人事部で困ったことでもあった? なんでも聞くよ」

私が急に異動しちゃったせいで、田村くんにはさぞかし迷惑をかけたことだろう。

箸を置いて食べかけのものを飲み込むと、彼は見たことのないような真面目な顔で言った。

「俺、先輩が好きなんです」

「えっ」

「ずっと、好きだったんです」

近くにいる社員に聞こえないよう、小さな声で話す田村くん。そのせいか、彼の顔がさっきよりこちらに近づいているような気がした。

好きだった、って……まさか、人事部にいた頃の、むすっとした私を？

「誰より頑張っている先輩が好きでした。……ＣＭに出て、すげー綺麗になっちゃって、すげー焦りました」

「あ、う……」

「あの週刊誌、嘘ですよね。先輩が二股なんてするわけない」

いや、二股はしていないけど、半分は本当なの。私、一成と付き合っていて……。

そうは思うけど、口には出せなかった。一成に迷惑をかけるかもしれないから。

「俺と付き合ってください、先輩」

田村くんはそう言い、私に向かって頭を下げた。

ときめきとは違う、緊張のようなもので胸が高鳴る。まさか、食堂で告白されるとは。しかもただの後輩だった田村くんに。

「ごめんなさい。私、付き合ってる人がいるの」

そう断ると、田村くんはゆっくり顔を上げた。

「まさか、営業部長か副社長ですか？」

その顔に悪意は感じられない。彼にならら本当のことを言っても黙っていてくれそうだけど、誰かに聞かれていたら困るし……。

「ううん。えっと、社外の……人」

苦し紛れに下手な嘘をつくと、田村くんは大きなため息をついた。

「そっか。うん、そうですか……。わかりました。本当、いきなりですみませんでした！」

彼はそう言って顔をくしゃりと歪めて笑い、残りのご飯をすごい勢いで平らげた。

「じゃあ俺、行きます」

気まずい思いをさせないよう、気を遣ってくれているんだね。

「あっ、先輩」

「ん？」

「こんなことを言ったら、嫌われるってわかってますけど……。もし、彼氏さんとうまくいかなくなったときは連絡ください。俺、もうしばらく先輩のこと好きでいますから」

返却するトレイを持ったまま、彼は真剣な顔で言う。

「ふられたからって、急に嫌いになんてなれないから」

そう言うと、彼はさっと背中を見せ、トレイを乱暴に返却し、早足でその場を去っていってしまった。


その日の午後は、午前中とは打って変わって穏やかに時間が流れていった。午前にやり残した仕事を、淡々とこなしていく。部長の席にも、珍しく一成が座っていた。

「白鳥さん、コーヒーいる？」

「あ、私が淹れますね」

桑名さんに言われ、席を立つ。ここには専用のコーヒーサーバーがあるから、わざわざ給湯室まで行く必要がない。

「部長も飲みますか？」

聞くけど、返事がない。一成はいつもの仏頂面で、パソコンの画面を凝視している。いつもは返事くらいするのに。変に思いながら三人分のコーヒーを淹れることに決めた。飲みたくなければ置いといてくれればいいや。

サーバーから出るコーヒーの波紋を見ながら、うっかり昼間のことを思い出してしまう。

田村くん……悪いことしたな。でも、そうするしかないんだもの。仕方ない。

もし一成と出会う前、人事部で腐っていた頃に同じことを言ってくれていたら、気持ちが傾いていたかも。本当にいい人だし、見た目だって悪くない。

「白鳥さん、どした?」

桑名さんに背後から声をかけられ、はっとした。手元ではとっくにコーヒーができ上がっている。

「すみません」

慌ててあとふたり分のコーヒーを淹れ、それぞれのデスクに運ぶ。桑名さんはお礼を言ってくれたけど、一成はこっちを見ることもしなかった。

なんなのよ。仕事が忙しいからって、お礼も言えないの?

もやっとした気分を抱えたまま、終業時間になってしまった。桑名さんはいつものように定時きっかりに席を立ち、帰っていく。

「知ってますか、部長。桑名さんって、社内に彼女がいるんですって」

話しかけてみるけど、一成は返事もせずに席を立つ。最近にしては珍しく、残業なしで帰るのかな。

「帰るぞ」

「え？　ああ、お疲れさまでした」

「……帰るぞって言ってるんだ。一緒に来い」

そう言うと、一成は私の手首をつかむ。

『えっ』と驚く間もなく、バッグを持った私は彼に引きずられるようにして、部屋を出ることに。

まだ定時を迎えたばかりで、社内ではたくさんの社員とすれ違う。て、手首。手を繋いでいるわけじゃないけど、異様な光景に違いない。引きずられる私を見て、社員たちが怪訝な顔をする。

地下駐車場へ向かうエレベーターのドアが開く。そこには、誰も乗っていなかった。ドアが閉まると一成が手を離す。ホッとすると、彼はぼそりと言った。

「いつから社外の人間と付き合ってるんだ？」

一瞬、なんのことを言われているのかわからなかった。首をかしげただけの私に、彼はまた呟く。

「もっとはっきり断れよ。想われていては、迷惑だと」

そこまで言われて、やっと気づいた。

一成、昼間の田村くんと私の会話を聞いていたんだ。

「どこに座ってたんですか？」

自分が座ってから、背後に一成が座ったとしたら。気づかなかったとしても無理はない。

一成が質問に答える前に、目的階に到着したエレベーターのドアが開いた。すると彼はまた私の手をつかみ、ずんずんと歩いていく。

「あのっ、怒らないでください。社内恋愛は、隠しておいたほうがいいものかと思っただけです」

他に付き合っている人がいるなんて、とんでもない。そこは一成もわかっていると思うけど。

「乗れ」

ダメだ。完全にご機嫌斜めになっちゃったみたい。受け答えになりゃしない。

諦めて、言われた通りに車に乗り込むと、突然肩をつかまれた。まさか。

目を閉じる間もなく、眼前に一成の秀麗な顔が近づく。

「んっ……」

そのまま唇を奪われる。すぐに深く重なり、舌で口内を蹂躙（じゅうりん）される。

こんなの、ダメでしょ。だって、駐車場だよ。誰に見られるかわからないのに。

そう思うのに、体は条件反射のように熱くなっていく。

やっと唇が離されたと思うと、息が整う間もなく、一成がまたすぐに触れられる距離で囁いた。

「お前は俺のものだ」

「いっせ……ダメ。誰か通るかも」

「かまわない」

そう言うと、一成は私の耳を指でもてあそびながら、キスを重ねる。そうされると、まるで飴（あめ）細工のように頭がふにゃふにゃに溶かされていく自分を感じる。

「食堂で、叫んでやろうかと思った。姫香は俺のものだ、誰にも渡さないって」

「やっぱり、聞いて……」

「お前はそんなに嫌なのか。俺と付き合ってることを、他の人間に知られることが」

彼は手荒く仕事用のメガネを取り、ダッシュボードに放る。裸の目で射抜かれると、胸の奥が震えた。

「嫌っていうか……一成やまわりに迷惑をかけるといけないと思って。社内だから、まわりが気を遣うし……」

「遣わせておけばいい」

「けど」

「桑名だって、社内に恋人がいるんだろ。お前や俺だって公言してなにが悪い」

桑名さんとあなたじゃ、立場が違うでしょうよ。

言い返そうと思った瞬間、誰かの靴音が遠くから聞こえた。すると一成は舌打ちをし、車を発進させた。

「俺は見られたってかまわないが、お前が嫌がるなら仕方ない」

そう言い、彼は自宅へと車を走らせた。


助かったと思う間もなく、マンションのエレベーターでも無理やりキスをされた。ドアが開くとマンションの住人が。顔から火が出そうになりながら、また一成に引きずられていく。

乱暴に玄関のドアを閉められ、その場でぎゅうっと抱きしめられた。手からバッグが離れ、足元に落ちる。

「ずっとここに閉じ込めておきたい。他の男に変な目で見られてることに、我慢ができない」

　変な目って。田村くんは、いやらしい気持ちとかじゃなく、純粋に私を好いていてくれるようだったけど……そんなことを言ったら火に油を注ぎそうだから、黙っておこう。

「大丈夫ですって。あの人も一成も、物好きなだけです」

　なんとか顔を上げて言うと、一成は私を見下ろした。

「バカ。お前は綺麗だよ。綺麗になった。俺がそうしたんだ」

「へ……」

「少しは自覚してくれよ。俺は誰かにお前を見せびらかすために、愛してるわけじゃない。綺麗になったお前を、誰かに取られてたまるか」

　そんなセリフを聞いていたら、たちまち顔が熱くなってしまった。

　なに言ってるの、この人。

「一成だって、自覚してよ」

「俺が？　なにを？」

「そんなに焦る必要、どこにあるの。私が好きなのは、あなただけです！」

料理はうまくない。早起きだって苦手。だけど、誰にも負けないものがある。うまく伝わっていないかもしれないけど、あなたを想う気持ちは、誰にも負けていない。

「だからもっと、余裕を持って。どんとかまえていてください」

彼の胸に顔をうずめる。きゅっと背中に手を回すと、頭の上からうなるような声が聞こえた。

「余裕なんて持てない」

べりっと体を引きはがされた。と思うと、さっとお姫様抱っこをされる。

「あ、あの！　靴、履いたまま……」

一成は私を抱いたまま、寝室へと直行する。

「すぐ脱がせるから心配するな」

どさりと私をベッドに沈め、宣言通りに靴を脱がせ、他の衣服をも素早くはいでいく一成。

首筋に唇を這わされ、全身が震えた。そんな私に、彼が囁く。

「一緒に暮らそう、姫。ずっと言おうと思ってた」

「え……」

「忙しくても、帰る場所が一緒になるだけで、安心できる気がするんだ」

そうか。忙しくてすれ違ってばかりだから、不安になったんだね。私が一成から離れて誰かのところに行ってしまうなんていらない心配をしたのは、きっとそのせい。

「……はい。よろしくお願いします」

同棲なんて、父が聞いたら卒倒するかも。タイミング的にはずいぶん早いような気もするけど、断る理由もない。

私だって、少しでも一成のそばにいたい。おいしいご飯を作って、お風呂を沸かして待つなんてできないかもしれないけど、『同じベッドで眠れたらそれだけでいい』と言ってくれる？

そっと一成の肩に手を置く。すると素肌の彼は微笑み、優しく私にキスをした。

翌日、私たちは一緒に出社することに。同じ車から降り、並んでエレベーターに乗り込んだ。

開いたエレベーターのドアの前を、誰かが通りかかる。田村くんだ。

「あっ、先輩。おはようございます」

昨日のことなんてなかったように、明るく笑う田村くん。挨拶を返そうとすると、一成が前に出て、田村くんの姿が見えなくなってしまった。

「すまんが、こいつのことはさっさと諦めてくれ」

「はい？」

ちょ、ちょっと。まさか。

ここは営業部や人事部含め、いろいろな部署のあるフロアで、合計三つのエレベーターがあるホール。つまり、他の部署の社員もひっきりなしに通っているのに。

ちょうど出勤の時間帯だからか、エレベーターの前には十人ほどがいた。こんなところで、なにを言いだすの。

「こいつは俺のものだから。悪いことは言わない。他の相手を探してくれ」

結構大きな声で宣言してしまった一成。彼の後ろから顔を出すと、氷のように固まった田村くんと、まわりでざわつく社員たちが見えた。

「ちょっと！」

今度は私が、清掃ワゴン専用のエレベーター乗り場へ一成を無理やり引っ張っていく。前に知美に壁ドンされた場所だ。

「余裕を持ってくださいって言ったじゃないですか。どうしてあんな場所で恋人宣言しちゃうんですか」

「ははは、あいつの顔を見たか。蝋人形のようだったぞ。愉快だな」

「うわあ……鬼！　悪魔！」

　意外に独占欲が強くて子供っぽい一面を見せた一成は、普段社内では見せない顔で笑っていた。

　もう。仕方ないなあ。

「部長、仕事はちゃんとしてくださいね」

　すたすたと営業部のフロアへ向かう彼の背中に声をかけた。

「わかってる」

　一成はドアの前で咳払いをすると、いつものクールな表情に戻る。

　はあ。社内恋愛って……まわりも気を遣うけど、本人も相当気を遣うわ。

　大好きですよ、日下部長。

　私はこれからもよそ見なんてしないし、仕事をしっかりして、あなたと同じ場所に帰ります。だから、なにも心配しないでくださいね。

　さあ、今日も忙しい一日が始まる。

　私たちは一緒にいつもの部屋のドアを開けた。


【END】

あとがき

こんにちは。真彩-mahya-です。このたびは本作をお手に取っていただき、ありがとうございます。

まさかのベリーズ文庫、三冊目。今回はオフィスラブ。今までの書籍とはまったく違うジャンルで、自分が一番戸惑っています。

今回の主人公は、自分に自信がまったくない女性です。自分では頑張っているつもりなのに、周囲が評価してくれない。そう感じて仕事が嫌になってしまったことってありませんか？　私はあります。

そんな満たされない思いがあるからこそ、余計にまわりと自分を比べてしまう。女友達はみんなキラキラ輝いているように見える。オシャレをして、恋人がいて、リアルが充実していて、なのに私は……なんて。まわりだっていろいろと苦労はあるはずなのに、それを考える余裕もなくなっちゃうんですね。

そんな主人公が、ひとりの男性との出会いをきっかけに、地味な日常から一変。そのおかげで、恋愛以外でも大切なことに気づき始めます。

実は作者の私自身が本当に自分に自信のない人間で、いつもまわりと自分を比べては自己嫌悪に陥ってしまう性格です。そんな自分が大嫌いで、また落ち込みます。落ち込みの無限ループです。これじゃダメだと思っているのに、なかなか抜け出せない。同じような思いをしている方々。そこまではなくとも、満たされない思いを持った方々。そんな方々に素敵な妄想をして楽しんでもらおう！と、この作品を書き上げました。

自分を見つめてくれる人がいれば、女性は綺麗になれるのかなと思うのです。この作品でヒーロー一成に溺愛された気分になってください。読み終えてくださったあなたが、幸せな気分で素敵な表情になっていてくださったら嬉しいです。

最後に。素敵な表紙イラストを描いてくださった龍本みお様。編集をしてくださった三好様、矢郷様。そして、この作品に携わってくださったすべての方々にお礼申し上げます。

そして、最後まで読んでくださった読者の皆様。本当にありがとうございました。

あなたの明日が、素敵なものでありますように。

二〇一六年　十一月吉日　真彩(まあや)‐mahya‐

真彩-mahya-先生への
ファンレターのあて先

〒104-0031
東京都中央区京橋1-3-1
八重洲口大栄ビル7F
スターツ出版株式会社　書籍編集部　気付

真彩-mahya-先生

本書へのご意見をお聞かせください

お買い上げいただき、ありがとうございます。
今後の編集の参考にさせていただきますので、
アンケートにお答えいただければ幸いです。

下記URLまたはQRコードから
アンケートページへお入りください。
http://www.berrys-cafe.jp/static/etc/bb

恋の罠にはまりました

~俺様部長と社内恋愛!?~

2016年11月10日　初版第1刷発行

著　者　真彩-mahya-
©mahya 2016
発行人　松島 滋
デザイン　hive&co.,ltd.
D T P　説話社
校　正　株式会社　文字工房燦光
編　集　三好技知（説話社）　矢郷真裕子
発行所　スターツ出版株式会社
〒104-0031
東京都中央区京橋1-3-1　八重洲口大栄ビル7F
TEL　販売部　03-6202-0386（ご注文等に関するお問い合わせ）
URL　http://starts-pub.jp/
印刷所　大日本印刷株式会社

Printed in Japan

乱丁・落丁などの不良品はお取替えいたします。
上記販売部までお問い合わせください。
定価はカバーに記載されています。

ISBN 978-4-8137-0170-5　C0193

ベリーズ文庫 2016年11月発売

『イケメン富豪と華麗なる恋人契約』 御堂志生（みどうしき）・著

両親を亡くし、ひとりで弟たちを育てる日向子のもとを、極上のイケメン秘書・千尋が訪ねてくる。亡き社長が日向子の祖父だと言うのだ。全財産を相続した日向子に、千尋は「あなたの愛が欲しい」と求愛宣言。クールに見えて情熱的な千尋に心惹かれる日向子だけど、彼にはある秘密があって……!?

ISBN 978-4-8137-0167-5／定価：本体630円＋税

『クールな社長の溺愛宣言!?』 高田ちさき・著

働いている会社が大手企業に買収され、その社長秘書に抜擢された梓。だけど、社長の岳人は若くてイケメンなのに冷徹で無愛想。仕事人間の彼に振り回される日々の中、合コンの話を岳人に聞かれてしまい、「恋人が欲しいなら俺がなってやる」と、突然の恋人宣言！　戸惑う梓に構わず甘い言葉で迫ってきて…!?

ISBN 978-4-8137-0168-2／定価：本体640円＋税

『腹黒王子に秘密を握られました』 きたみ まゆ・著

OLの莉央は、外見も中身も完璧な女性を演じているけれど、実はアニメ好きで恋愛経験ゼロのオタク。ある日、自作のマンガをこっそり会社に持ちこんだところ、同僚の爽やか王子系イケメン・金子に見つかってしまった！　内緒にしてほしいと懇願すると、王子が豹変！　交換条件で恋人になれと迫られて…。

ISBN 978-4-8137-0169-9／定価：本体640円＋税

『恋の罠にはまりました～俺様部長と社内恋愛!?～』 真彩（まあや）-mahya-・著

化粧品会社の地味OL・姫香は、美人の幼なじみへの劣等感から、自分に恋は無理と諦めかけていた。ある日、仕事で接近したイケメン御曹司・日下に劣等感を指摘され、「私のこと、抱けますか？　無理ですよね」と挑発してしまう。ところが「俺と付き合え。お前を変えてやる」と不敵に微笑まれ…!?

ISBN 978-4-8137-0170-5／定価：本体640円＋税

『イジワル同居人は御曹司!?』 悠木（ゆうき）にこら・著

火事で家を失ったOLの紗英は、成り行きで親友の兄、奏と期間限定の同居生活をすることに。アメリカ帰りで外資系一流企業のイケメンエリート、奏は超ドS！　こき使われる日々だけど、時々優しく手を握ったり、キスしてくる彼に翻弄されまくり。苦手だったはずが、紗英の胸は次第にときめいて…？

ISBN 978-4-8137-0171-2／定価：本体640円＋税

書店店頭にご希望の本がない場合は、書店にてご注文いただけます。